堆疊的時空

乾坤詩刊二十週年詩選　現代詩卷

乾坤詩刊社 策劃；林煥彰 主編

寫一首時空縱橫的詩

——序《堆疊的時空——乾坤詩刊二十週年詩選　現代詩卷》

蕓朵

　　時空堆疊出創作的成果，二十年的歲月，《乾坤詩刊》一步一腳印，從無到有，從線到面，由面到立體成形，在詩壇中走出一片獨立的領空。

　　透過時間的累積，一個詩刊在漫長的歲月中務實成長，精神傳承，許多詩人擔任編輯工作，從社長到社員，以及眾多寫詩者與愛詩者，創作者與閱讀者，一起彙整為一條大河，流著對詩的熱情與關切，流著創作的智慧結晶，一日一日，月月年年，不但走過披荊斬棘的開創期，也成就今日穩定成熟的面貌，堆積的是許多人的心血，精彩的詩作，也透出作者與作品背後的每一吋光陰與努力。

　　詩刊的面貌像是一位長大成人的青年，從嬰孩般稚嫩到踏穩腳步的穩重，走出康莊大道的一段歷程。《詩選》的呈現，在於紀念這樣的歷史，也在於呈現此刻的樣貌，更是再往下一個十年前進的起點。

　　回顧歷史是為了走出更美好的未來。二十週年的《乾坤詩選》呈現出重要的里程碑，詩選分為四輯：

　　第一輯是「名家手稿卷」（依姓名筆劃），收錄王關瑜、向明、司童、朵思、李瑞騰、雨弦、孟樊、夏菁、徐瑞、陳填、陳克華、陳育虹、黃宗柏、張默、詹澈、楊小濱、落蒂、葉維廉、碧果、管管、蔡素芬、隱地、嚴忠政等人的手稿，橫

跨前行代詩人、中生代詩人的詩作與手稿，從這些珍貴的一筆一劃中，說盡詩人們努力不懈的精神，更在詩刊上留下親筆的書寫歷史。

第二輯是「現代詩得獎詩卷」，從王永成、田運良、柯彥瑩（余小光）、許博惠、楊語芸、謝松宏等人得獎作品中，讀出現代詩壇新生代的接棒實力。

第三輯是「創作詩卷」（依姓名筆劃），從尹玲、方群、方明、白靈、古能豪、向明、李進文、汪啟疆、孟樊、阿布、林廣、洪淑苓、范家駿、許水富、喜菡、栞川、須文蔚、楊小濱、黃羊川、詹澈、魯蛟、薛莉、隱匿、顏艾琳、蘇紹連等已在詩壇耳熟能詳的詩人，以及詩人小荷、也思、千朔、王宗仁、黃里、黃鈺婷、黑芽、項美靜、愛羅、葉雨南、寧靜海、廖亮羽、然靈、賴文誠等活躍於詩壇的後起之秀。

除此之外，也收錄華人世界的詩人作家，如王崇喜（緬甸）、扎西拉姆多多（北京）、安琪（北京）、朵拉（上海）、冰谷（大馬）、李宗舜（大馬）、希尼爾（新加坡）、秀實（香港）、南子（新加坡）、非馬（美國）、謝勳（美國）、若爾·諾爾（美國）、寇寶昌（哈爾濱）、曾心（泰國）、嶺南人（泰國）、華英（新加坡）、黃梵（南京）以及蘇清強（大馬）等詩人作品。

詩選的時間包含前行代詩人、中生代詩人以及新生代詩人，超過六十年的歲月，足以從詩人們關心的題材、寫作的表現方式、風格以及演變中，追尋詩人們的創作軌跡，同時，在地域空間上，從兩岸到馬華、新加坡，乃至於美國的華人世界詩人，皆有詩作收錄其中，跨越時間與空間，從橫軸與縱軸中呈現出詩的深度與廣度。

第四輯是「同仁詩卷」（依姓名筆劃），收錄詩刊同仁的作品，有丁文智、大蒙、卡夫、吳東晟、宋熹、李曼瑰、季閒、林茵、林秀蓉、林煥彰、徐世澤、陳素英、曾念、曾美玲、紫鵑、閑芷、黑俠、葉莎、劉正偉、劉枝蓮、劉曉頤、蔡忠修、龍青、雲朵、藍雲、蘇家立、龔華、靈歌等人。

詩人以關懷社會或書寫人情，以抒發個人感懷或是蟲魚鳥獸，小至蚊子，大至國家社會，生態與世界的關懷，對前行代詩人紀弦、周夢蝶的悼念與追思等等。世界在詩人的眼中自有個別趣味以及人文關懷，生活中俯拾可得的題材都能成為創作來源，詩的風格與技巧在詩作中展現出各自擅長的區塊，使得詩選在選材、技巧與風格上不偏於一方，這是《詩選》所要展現的包容並蓄的大度與精神。

因此，《詩選》從名家手稿紀錄著歷史，從得獎者的詩看出現代詩壇的傾向，從選錄的創作中，見出整體詩壇的狀況，也在同仁詩選中，想見同仁在創作上的努力不懈。從各方角度的切入面向，詩選便不僅是一時之選，更能提供詩的創作者與愛好者對於目前詩人創作的深入觀察。

而走過歷史更能見出來時路的足跡，這些年來，同仁們致力於詩與其它藝術領域的「跨領域結合」，在詩與畫的融合上，有統領詩刊的總編煥彰老師的水墨畫猴子與及其它，來往兩岸的演講，對於詩的傳播與教育貢獻厥偉，將乾坤的精神廣佈在他的行跡之中，葉莎與正偉則是在油畫上融以詩意，我個人則是在書法上努力，東晟在古典詩上面的經營有目共睹，曼瑰的隨筆繪畫等，將詩擴及到其它藝術上面……等等，讓詩有著更大的意象空間。

詩刊的茁壯成長與詩人們的熱情奉獻有著相當密切的關

係，除總編之外，紫鵑、葉莎、正偉等人先後負責詩刊的編輯工作、大蒙負責詩刊的封面設計，東晟負責古典詩的主編，徐世澤先生則是詩刊背後默默的支持者，他寫古典詩，卻也對現代詩多所著墨，藍雲先生可說是詩刊的大掌櫃，總是帶著微笑，默默打點著詩刊大小雜務，每期出刊後的聚會，他總是不辭辛勞，親自提著厚重的詩刊，為同仁們帶來最新的成品，我每次從他手中接過詩刊，看到他臉上的笑容，總是倍感溫馨。

　　詩刊得以穩定成長，是背後每一雙手共同撐起的領空，因為無私的付出，不求名利的熱忱，才建造磐石般的力量，促成一個詩刊走過二十年歲月，還穩穩走在詩壇這條道路上。

目次

第二輯　現代詩得獎詩卷

第三輯　創作詩卷

一點一字堆疊
——《堆疊的時空——乾坤詩刊二十週年詩選　現代詩卷》

名家手稿卷

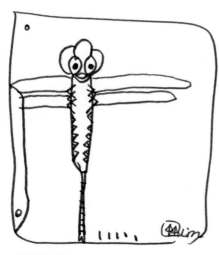

林煥彰／圖

自語　　　　王關瑜

錢幣之手的藝術
蹤跡痕傷無瑕　視我之眸
客　先言
進的作　看代　也聽懂　詩有自一己

人面膚自　塑型鑄巧　然情毀漬　凡惟能看見相　也聽懂　詩有自
雲額肌來　的命無無兩　彫鏤的　自純不　非永就　見泉傳　凍的語　先語言　詩身句體
人靈生　身身偶　裸裸自　不不看　汲汲我　沉人人　默人人　不相能　想信美　寫沒過　行的　詩身

是我的臥室
境亮麗
地門窗　於身閉
夢的笑　月跨　星何盡
樂來迫　於身閉　知節受
大與無　醒滿時　想季遊　當讀在

2016.8.6

王關瑜，年紀來說，今年剛好九十歲了；詩齡來說，亦有一甲子年歲；學歷來說，讀完初中一年級，中日戰爭興起沒再讀了。1949年來台，進入印刷廠當一工人。一心想學寫詩，有幸認識吳望堯先生，他教我一些詩的內涵及修詞技巧，至今心感懷念

五樓　向明

怎麼爬上來的呢？這五樓
一隻背着屋頂流浪的蝸牛
怎麼爬上來的呢？這五樓
滿都是趴着的書，給誰讀

二〇一六年春日台北

向　明，本名董平，湖南長沙人，1928年生。1949年隨軍來台，1960年曾赴美研習最新電子科技，回台後擔任國防軍職至屆齡退休聆退休。自來台開始即性好文藝，從事現代詩創作及詩評論隨筆達六十餘年。為藍星詩社重要成員、主編藍星詩刊多年。曾任臺灣詩學季刊社社長。曾獲中山文藝獎、國家文藝獎、中國當代詩魂金獎。1988年世界藝術與文化學院頒贈榮譽文學博士學位。出版詩集、詩話集、詩隨筆、散文集、童話集、譯詩及多人詩合選集等近四十種。

感雲門舞集《行草》之氣韻

司童

妳，一身玄衣
在宣紙靜謐的虛空中
輕掩水袖，如洛水女神嫻靜而立
呵氣，風起
運腕，揚袖，拂袖，甩袖
長長的水袖如墨跡飄然轉旋
劇場的黑夜裡暗香氤氳
一朵桃花綻開，一條青蛇逶迤而行
誘惑著台上台下每一個屏氣凝神
不敢妻自吐納的詩仙
而水墨，已然層層疊疊層層
舒舒緩緩舒舒
次次第第次次
知白守黑的暈散開去

二〇〇九年九月六日作

司 童，生於1973年10月。2009年來台定居。曾任國文老師、報社藝文副刊記者和編輯。著有詩集《黑夜的流放》。

給我的白髮　　朵思

凝佇智慧 凝佇時間 凝佇了閱歷
你看見 我的妳走過許多密密麻麻的心事
我濃濃的髮鬢 和一段感情綑綁一輩子
你見證 我的血液裡掌已沒有愛情的父母

書寫了生命歷律的白
牙齒的白
美心的白
藍山的白
雪景的白
冰河的白
將我的美顏貼在晴空下面的白
是最適合晚年寂寞的視覺風景

朵　思，1939年生，獅子座，臺灣嘉義人。著有詩集八本、散文和小說等，總共已出版著作十四本。

賀卡

敬次戊子中央大學家與學院大樓於中大湖畔
動土開工以誌賀之。

李瑞騰

李瑞騰 於中大湖畔

湖畔垂柳
在風中舞成千姿百態
靜靜滑行的那隻鷦
回眸時竟有秋娘
我們還在等途嗎？

客舍青青
在雨中呢喃千言萬語
倚窗吟哦的那書生
望穿一湖寒煙
不再悲歌。

李瑞騰，1952年出生於南投草屯鄉下。中國文化大學中國文學博士。曾任國立臺灣
文學館館長，現為國立中央大學中文系教授、文學院院長、臺灣詩學季刊同仁。著
有詩集《在中央》，詩評論集《新詩學》、《詩心與詩史》等。

石頭　　雨弦

做一塊沉默的石頭
什麼都不必看
什麼都不必聽
什麼都不必說
什麼都不必想

做一塊沉默的石頭
什麼都可以看
什麼都可以聽
什麼都可以說
什麼都可以想

做一塊沉默的石頭
繼續地做他自己

雨　弦，本名張忠進，1949年1月生，臺灣嘉義人。高師大文學博士候選人。曾任高雄市殯葬管理所所長、高雄廣播電台台長、國立臺灣文學館副館長。著有詩集《生命的窗口》等十餘冊。曾獲高雄市文藝獎新詩首獎等國內外獎項。

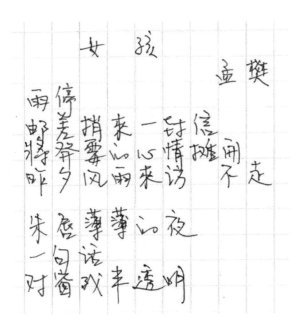

孟　樊，本名陳俊榮。1959年9月28日生。國立臺灣大學法學博士。曾獲中國文藝獎章。曾任佛光大學文學系暨臺北教育大學語文與創作學系系主任、香港浸會大學中文系訪問教授，現為國立臺北教育大學語文與創作學系教授。著有《S.L和寶藍色筆記》、《旅遊寫真》、《戲擬詩》、《當代臺灣新詩理論》、《臺灣後現代詩的理論與實際》、《臺灣中生代詩人論》……凡三十餘冊。

在歲月的盡頭　夏菁

在歲月的盡頭
回憶是唯一的安慰—
歡樂曾是除夕的煙火
哀傷落下殘人的眼淚
只有平凡才是一串
念不盡的念珠

現在，我磨成一片
滴也的毛玻璃
早春看不清枝頭的空閒
晚冬聽不到風雪的飄搖

二〇一三年十月十六

夏菁本名盛志澄，1925年10月生於浙江嘉興。美國科羅拉多州立大學碩士，曾任該校教授及聯合國專家等職。「藍星詩社」發起人之一。早年在台主編過《藍星》、《文學雜誌》及《自由青年》等詩頁。著有詩集、詩論集：《五十弦》、《獨行集》、《窺豹集》、《對流》等十五種；散文《落磯山下》、《可臨視堡的風鈴》等五集。現退休在美，仍事寫作。

深秋

滿地飄落的嘆息

焦綠枯黃

斑斑赭紅

秋深了

徐瑞

徐　瑞，詩人、畫家。銘傳大學畢業。中華畫院委員、亞洲國際美展臺灣委員會會員、創世紀詩社同仁。畫作獲臺北國立國父紀念館、天使美術館、築空間、中國泉州博物館等典藏。已出版《行腳與沉澱》、《都市女郎》畫集及《女心——溫柔與野性》、《貓女的哲思》、《貓語錄》等畫詩集。顏艾琳，颱風名。生於臺南下營顏氏聚落。來臺北受教育後，一路遇到貴人師長，因此習得文學跟編輯技能。一個活得像魏晉時的嬉皮。玩過搖滾樂團、劇場、《薪火》詩刊、手創、公共藝術、農產傳播。極端天秤、狂狷古典。

我抓不住 陳填

緊緊地抓起一把沙

一沙一恆河

我握有宇宙

時間卻從我的指間流失

緊緊地我抓不住

我的愛

陳　填，本名陳武雄，民國33年3月11日生，美國依利護大學農經博士。服務於農業機關四十年，從技士做起，曾任行政院農委會主任委員。他認為詩是負責任的生命感動，詩人要不斷的見識、修持，強化感動的深度、廣度。詩作〈浴火鳳凰〉是他擔任臺灣加入WTO談判農業主談人的見證。

在等的時候 我發現死神坐在我
身旁 微睜 一臉病容 腳不停
抖抖抖 我發現 他也在等

陳克華，1961年生於臺灣省花蓮市。祖籍山東汶上。畢業於臺北醫學大學醫學系，美國哈佛醫學院博士後研究（1997-2000，從事眼角膜內皮細胞基礎研究）。日本東京醫科齒科大學眼科交換學者。現任臺北市榮民總醫院眼科部眼角膜科主治醫師。創作包括新詩、歌詞、專欄、散文，視覺及舞台。現代詩及歌詞曾獲多項全國性文學大獎，出版近40本文學創作，作品被譯為德英日等外文，並出版日文詩集《無明之淚》。有聲出版《凝視》及《日出》（巨禮，詩十歌詞並演唱）。近年創作範圍擴及繪畫、數位輸出、攝影、書法及多媒體。

〈當覺〉

我們相對
靜坐著
誰先睏眼誰當覺

（我不夠
眠時，我們相對）

時間先睏眼
時間輸了，時間說
我當覺

（我們躺之非睡
（我們相對
靜坐著，我不夠眠）

陳育虹
2006.01.02

陳育虹
2012.01.02

陳育虹，著有詩集《閃神》、《之間》、《魅》、《索隱》等，散文《2010日記》
及譯作艾特伍詩選《吞火》等。2011於日本思潮社出版日譯詩集《我告訴過你》。
獲2004《台灣詩選》年度詩獎、2007中國文藝協會文藝獎章，2008入選九歌《新
詩30家》，2015應邀出任北京中國人民大學駐校詩人。

許水富，福建金門人。金門畫會發起人兼第一屆理事長、中華民國筆會會員、日本國際書畫藝術評審委員、創世紀詩刊編委。曾獲日本國際書藝大賽獎七次。已出版詩集《孤傷可樂》、《叫醒私密痛覺》、《飢餓詩集》、《島鄉蔓延》及《許水富世紀詩選》（中英對照）等十二種。曾獲2014年華人世界冰心文學獎。

《在最深的黑暗，你尋著我》節錄　　　　李志全

逢月鑄月，逢水鑄水
而且你明白要隨鑄隨拋
你再鑄自己全身成水鏡
鏡像凶猛又堅貞
盯住你的是沒有過去和將來的時間
留住你的是被溫柔捶打再捶打的肝膽
那陣呼嘯起自一種無聲之聲
無必畫的十﹖及每方位的八方
而這一切既然有白骨的純淨
怎麼還需◎憂愁沒有豐滿的樣心？

霧中呼喚的名字和聲音都凝志
雨落下鳥的眉窟　猛烈◎即溫柔
雨度下鳥的眉窟　雨就是火
雨度下鳥的眉窟　你就是鳥
窗凝望不夜的夜　溫柔即猛烈
天狼是嗥叫聲的殘酷
打開終結的閘槽
既是看者又是被看者
你追尋的是最高的荒野

武昌街紀事　黃宗柏

一瓷子

大瓷

　　小瓷

大瓷宜壽筵，詩成經
中瓷宜跌坐，禪我道
好景瓷上無人。此是
聽經去。咖啡去。訪友去。
或者，逍遙去。
讓遠條街

詩一無空

黃宗柏，1950年生，臺灣彰化人，臺灣師範大學美術系畢業。早期詩作曾登《現代文學》、《中外文學》等刊物，著有詩集《嗚咽的音符》。

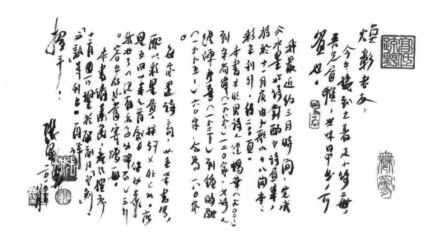

張　默，本名張德中，1931年生，安徽無為人。1944年3月來臺，已有六十六年，一生為詩，無怨無悔。《創世紀詩刊》創辦人之一。著有詩集《愛詩》、《獨釣空濛》、《張默小詩帖》、《水汪汪的晚霞》、《水墨無為畫本》等十八種。詩評集《臺灣現代詩筆記》等六種。曾獲國內外多項新詩獎。

勇士舞　　詹澈

邪靈向他們靠近
一大群烏賊吐墨
像黑雲能夠變成礁岩
海浪突然退後倒翻
邪靈被他們驅離

雅美族的男人
胯間丁字褲
像用麻布撐成的白色十字架
從他們腳踝傳導陽功
用一根男性
和烏木棒
高高舉起狠狠向木臼洞撞擊下去

用赤膊
和裸体的太陽
一起半蹲下來
往上跳又向下頓步
把影子踏痛踏進土裡
濺起泥漿和灰塵
然後像飛魚穿過海浪又閤的手指

詹　澈，原名詹朝立，1954年10月生，曾為1979年黨外雜誌《春風》發行人，《夏潮》、《鼓聲》雜誌編輯。《草根》、《春風》、《詩潮》詩刊編輯。為農權運動發起人，2002年「與農共生」12萬農漁民大遊行總指揮。曾任臺灣藝文作家協會理事長。著有詩集《土地請站起來說話》、《手的歷史》、《海岸燈火》、《西瓜寮詩輯》、《小蘭嶼和小藍鯨》、《海浪和河流的隊伍》、《綠島外獄書》、《餘燼再生》、《下棋與下田》、《詹澈詩選》等，散文《海哭的聲音》，紀實報導《天黑黑麥落雨》、《田殤》等。曾獲第二屆洪建全兒童詩獎、第五屆陳秀喜詩獎、1997年臺灣現代詩獎。

為女太陽乾杯

楊小濱

不過,當太陽蹲下來嘔吐的時候,
我才發現她是女的。

她從一清早就沒處置帶,
樹精上跳、窗戶上掛、有如
一個剛出教養所的少年犯。

她渾身發燙。她好像在找水喝。
我遞給她一杯男冰啤:
「你發燒了,降溫吧。」

她反手掐住我脖子不放:
「別廢話,那你先喝這口。」
她一邊吮吸我,一邊吐出昨夜的黑。

「好,那我們乾這杯。」
瞬間,她把大海一口吸乾,醉倒在地平線上。
「世界軟的,真拿他沒辦法。」

楊小濱,耶魯大學博士,現任中央研究院文哲所研究員。著有詩集《穿越陽光地帶》、《景色與情節》、《為女太陽乾杯》、《楊小濱詩×3》、《到海巢去》,論著《否定的美學》、《中國後現代》、《感性的形式》、《慾望與絕爽》等。

苦澀的航程

落蒂

從北冰洋南下的漁船
苦苦搜尋沿岸各種魚類
奪險的暗礁和漩渦
隨時碰上且歷久掙扎

艱辛直航到南方熱帶海洋
檢視船艙中
竟只有幾尾
恍惚模糊的魚影

2015年2月5日
寫於讀星樓

落　蒂，本名楊顯榮，1944年6月12日生，嘉義縣人。國立高雄師範大學英語系畢業，國立臺灣師範大學英語研究所結業。曾任中小學教師。現任創世紀詩雜誌社社長。臺灣日報、國語日報、臺灣時報等副刊特約新詩評論、賞析撰稿人。已出版詩集《煙雲》、散文集《追火車的甘蔗囝仔》及詩評論集《臺灣詩人論》等20部。

去語障解心因
回復到活潑潑的生命世界
維廉
2014
10
19

葉維廉，1937年生於廣東中山，畢業於臺大外文系、師大英語研究所，並獲艾荷華大學美學碩士及普林斯頓大學比較文學博士。一度被美國詩人Jerome Rothenberg稱為「美國（龐德系列的）現代主義與中國詩藝傳統的匯通者」。葉維廉是活躍在歐美兩洲、臺港大陸三地的雙語詩人。翻譯家、詩學美學理論家，對比較文學、比較詩學有突破性貢獻。葉氏在臺灣讀書時便以現代詩及現代詩論崛起，並數度獲獎，包括教育部文學獎及入選為十大傑出詩人。葉氏著譯作五十餘種。2016年3月，由台大出版中心出版：兩岸三地現代詩論《晶石般的火焰》和《葉維廉五十年詩選》，各上下兩巨冊。

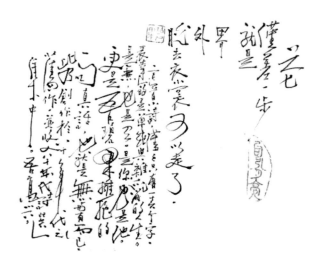

碧　果，1932年生於河北永清。曾任創世紀編委、 社長、 顧問等職。 著有詩集《秋·看這個人》、《碧果自選集》、《說戲》、《一個心跳的午後》、《肉身意識》、《詩是屬於夏娃》等十餘冊。現仍為華文漢語詩努力創作不輟，餘時看看雲和螞蟻。

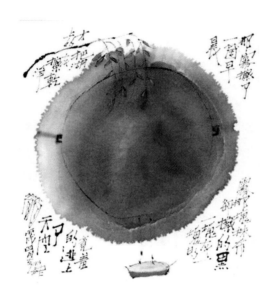

管　管，1928年生於青島，1962年得「香港現代美術協會」現代詩首獎。1974年
得第二屆「中國現代詩」首獎。1982年美國愛荷華大學「國際作家計畫」邀請與
劉賓雁同期。詩集六冊、散文五冊。「現代詩壇的孫悟空」論文集一冊。《管蕭二
重奏》一冊（蕭蕭、管管合集）。影視劇演了三十一部。詩入選中外詩選多次。畫
展多次。寫詩、畫畫、演戲。吃了不少糧，慚愧而已！喝了不少酒，裝瘋而已！斯
文，不掃地！罵大街，常遭暗算而已！信教，尤其睡覺！

雨夜　　　　李幸芳

是誰在哭泣
把枝葉都哭濕
把所有建築都哭濕
把一個城市都哭濕

誰駛來一艘船
誰唱著船歌
那嬰兒睡著了
那老人家凝視著遠方
前方遠遠的年代裡有陳舊的淚痕

船兒將漂盪到哪裡
海的出口有翻起的浪
山的峽灣有奔飛的瀑
城市收集的淚水裡有愛的細話

船歌怎麼就嗚咽了呢
嬰兒怎麼就醒了呢
老人怎麼就開眼了呢

是黑夜遮蔽了堤防
還是淚水淹沒了黑夜

蔡素芬，1963年11月生。主要作品長篇小說《鹽田兒女》、《橄欖樹》、《星星都在說話》、《燭光盛宴》，及短篇小說集多種、編選文學集數本。曾獲《亞洲週刊》十大華文小說、金鼎獎、吳三連獎及其他多種文學獎項。

惜緣　隱地

綠份，像一節節的
甘蔗，不要砍斷
砍斷了，就再也接
不回去。

隱　地，本名柯青華，浙江永嘉人。 1937年生於上海，七歲時，送至崑山千燈鎮小圓莊顧家寄養。 1947年十歲，由父親接來台北，住在寧波西街84巷，先後約搬了二十次家，住過上海路、南昌街、泉州街、 廈門街、克難街、永和、新店檳榔坑、雙城街、錦州街、北投、公館街，但始終沒有離開台北。爾雅出版社創辦人，著有小說、散文、詩等五十餘部。《漲潮日》、《漫著鞦韆喝咖啡》和《身體一艘船》都是隱地獻給臺北的書。

閃洞　　　□嚴忠政

這些字都寫給遠離
我站起來道別，致謝

我以為那是有它的宏偉
我們太容易和它使用同一個階梯
太容易用一百個笑聲解釋
起居、灑酒、建造密室
在我們傷口

我以為我們都說得太多
一本書大小的積水就困住一張臉
我還跟它讀
三天三夜的雨
忘記睡眠，然後喋喋失語

我複雜以對
結果老了國王十歲，提早衰微

今日大寒，有雨
我說要離開了
在起霧的玻璃
畫個門出去

嚴忠政，1966年生於臺中盆地，逢甲大學文學博士。曾任大學駐校作家、《創世紀詩刊》執行主編、國立臺灣文學館「文學教室」課程規劃，現任「第二天文創」執行長、逢甲大學中文系助理教授。曾多次獲聯合報文學獎、時報文學獎。著有《黑鍵拍岸》、《玫瑰的破綻》等多種，編有《創世紀60年詩選》，目前致力於教具型桌遊之研發，並取得全新發明專利。

第二輯

現代詩得獎詩卷

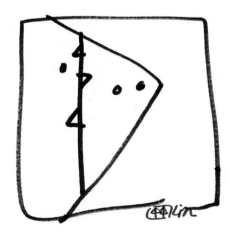

林煥彰／圖

解剖一隻埃及斑蚊◎王永成

斑芝花開時節，撿一瓣夾在經冊
九月褪色了，依然暗香

夜讀經文，神光憂嫐
一隻蚊子追逐如浪的禱詞而來
伴著幽幽琴聲，凌空舞樂
伊找不到神所應求，可落腳之處
只好抖擻尾巴，棲上斑芝

很久沒解剖了，可在我的手術台
蚯蚓，壁虎，蝸牛，蜻蜓，生命
血跡斑斑，沾上祈禱的手

我詳細檢視伊，竟背著一支埃及
古早神聖豎琴，六足像駿馬般挺立
嘴管伸出武士不屈的利劍

經書正翻在摩西分開紅海處
幾行經文的光芒折射裡，斑蚊凝視著
偶而抖動鬢毛濃密的觸角

想到伊的五十個單眼，我心微涼
伊正審視著我染滿悲情血跡
下刀果決其實軟弱無比的雙手

伊的祖先來自遙遠的文化發源地
經過歷史時空，足跡遍及全世界
伊用劍牙傳播病菌，留下斑斑齒印

是無教化可能的罪犯啊
我忍不住佈下法網，將伊架上手術台
準備十八般酷刑，拷問伊親族的罪行
我的尖頭夾對準伊的身軀，利剪伺候
更用歷史的顯微鏡審察，五時三刻
倏然，我感覺悲哀
伊也是為了傳宗接代，況且

一直有蜘珠壁虎蟾蜍的恐嚇，也有
防蚊液化學武器的迫害

我放下屠刀，真心為伊祝禱
有埃及豎琴的高貴埃及斑蚊啊
想當年耶和華用你降禍埃及
後來摩西帶領以色列人出埃及
你的祖先是尾隨在後吧

念你是隻公蚊，並未參與吸血
任你飛去，願明年三月變做一隻斑鳩回來
我們一起分開斑芝道上紅色的花海
回返神應許之地

王永成，筆名王羅蜜多，1951年10月生，南華大學宗教學碩士。曾獲台文戰線現代
詩首獎、教育部閩客文學獎社會組散文首獎、臺南文學獎、玉山文學獎、桃城文學
獎等。已出版詩集《問路　用一首詩》、《颱風意識流　新聞詩集》等。

我以為我遺失了
——在哈瑪星沉思◎田運良

航程迷茫。南方那深淺遠近不一的寂寞
染滿整片海闊天空，我同時放飛一百個雲朵
同時放牧一萬個浪濤，心於是洶湧澎湃。
我以為我遺失了**一片海域**
深邃的蔚藍風景無垠延伸至盡頭，壯景跟隨伴游
微風滲著鳥語花香，極目邊陲荒嶼無蹤
離出發的岸越來越滄桑、越風塵僕僕
這裡雲淡風清，波平浪靜
我不孤獨，癮著旗津往返鼓山間的隨興飄泊

長夜猛然攻來，低垂的雲層飄落床邊，湮漫生命的淺灘
鄉愁珊珊來遲，襲至濱線的夏末秋初
好吧，且把我一生所有的錦繡都還給今世罷。
我以為我遺失了**一段歷史**
滿滿成群的憂鬱，阻擋在艱難書寫的字裡行間
突突在領事館廊上，撞見史溫侯背手低頭獨行
匆忙為完成最最壯闊的殖民史而奔走

這島國，即將狂掃一場豪雨與強震
而能與隻字片語一起神思飛揚的，許是夢想的總和
寄來緊緊包裹成捆的相思，夠餵養我後半輩子
為愛創建一座盛世，所以足以海枯石爛了
更可以雜遝踩越我曾經荒唐的青春、和莽莽中年
而與來生相握，並且相濡以沫。
我以為我遺失了一**首情詩**
夢剛發芽，在愛河畔邂逅過幾個季節
趁故事才要收尾、締結的緣還未變節前
兼程趕至西子灣與夕陽相會
我終能與我叛愛的諸神與魔，白頭偕老

哀慟，剛成群躡步走過我的傷痕旁
挑起我不時要潰決一下的情緒暴動
我要吶喊，喚醒集聚在廣場上的喧鬧與人聲鼎沸
但我也深怕回音會撞傷時代的空曠，與幽寂。
我以為我遺失了一**椿悲歡**
遂萬念俱灰，生命盛開的如此慌亂狼藉
因此揚起裊裊佛梵、燃上點點清香

代天宮方外淨土，千歲慈悲見證謝恩
人間演義的罪賞榮辱終被一一寫就

我更以為我遺失了一座城市
在南方，向更南的極南方引頸遠望
眺遍那蒼茫以後，回憶竟痕深且痛長
自哈瑪星的沉思中驚醒，其實我真正遺失的是，自己

田運良，1964年5月5日生，佛光大學文學碩士，淡江大學中國文學所博士班。現任
外交部《光華》雜誌總編。曾獲臺北文學獎、臺南文學獎、佛光文學獎、玉山文學
獎、國軍文藝金像獎、教育部文藝創作獎、中國文藝協會詩歌評論類獎章等獎項。
著有詩集《個人城市》、《為印象王國而寫的筆記》、《單人都市》、《我書》與
散文書、書評集、口袋書十餘冊。

餘生◎柯彥瑩

或許我們都習慣了

有菸抽的日子，點燃世故

在工作之餘找回感性

前往日常的曠野，貼聽一些理想

：成家、立業。傾向

喜劇的類型，自導自演

圈選喜歡的女主角

期望某一天能夠扮演

父親的角色。

太過安穩的我們都遺忘

平行世界的彼端，有一隻禿鷹

正吞吐著飢餓的女孩

暫時不想和攝影師交談

於是情節變換夜晚的場景

她們都在對抗光害

閃躲一則伊斯蘭遙寄的咒語。

難以抵達的物資，還在生活裡

行軍，緩慢地支援

前線的庫德族人

巴格達的皇宮，始終有許多

說書的人，民兵總是嫌棄

一千零一個故事太長

太像一種妥協了。他

起身掩護童年的那一刻

差兩天，滿十二歲

他的情緒充滿時間的空襲

那些穿透的流離，往往帶走體溫

關於親人的冷，以及未完成的儀式

都在烈火中兀自行禮，彷彿

每一次燃燒就會發現自己

擁有和父親相似的臉孔

柯彥瑩，筆名余小光。彰化人，1988年5月5日。暨南大學中文系、中興大學臺文所。曾任吹鼓吹詩論壇版主、臺中沿岸詩社社長。
曾獲精青文藝獎、水煙紗漣文學獎、好詩大家寫創作獎、基隆海洋文學獎等。著有詩集《寫給珊的眼睛》。

荒島語錄◎許博惠

然而你就像是漂流荒島的倖存者

日復一日眺望，升火，苦苦造舟

徒手錘煉只為離開而進度逼近絕望地緩慢

夜裡瑟縮著佈滿傷痕的體膚

最恨，還記得擁抱的餘溫；

偶爾黃昏溫柔詭譎就像災難開始那天

他駕著輕舟來你岸邊擱淺

最痛，還陷入愛的錯覺；

可島上的天仍空無，風仍鹹

你僥倖活了，但世界之大

並無人來尋你

若只是寂靜也就罷了，有熊

或甚麼那樣的獸把你辛苦架好的圍籬踩壞

餓的時候奪走你的食物

但不吃你，或許牠也寂寞

累了就臥在一邊聽你唱歌，望同一片海洋和月色

牠抓的魚烤起來特別香，當你想說故事時牠就打鼾了

你趕不跑牠，咆哮的時候
你就躲到自己的洞裡去
有一天你會離開，而世界再大
你仍會想念牠

開始島內探索是在一次次出走無望以後
有一種蕈覆著層層鱗片如蛇
初嚐極澀，每剝一層殼，益發鮮甜；
一種礦石在岩脈深處吟唱雋永
召喚著一向怕冷、懼黑的人；
還有一種蕨，潮濕款擺騷動著你的淚腺
百種滋味非要你面對，
那一天你才知曉，不論世界多大
有些珍寶藏在島心，不假外求
妄想要離開，木尚未成舟
漫天都是你無法書寫的執著
雨落時浸入泥土流向海
夜裡似有飛魚，一跳一跳來搭載
航向所謂自由，所謂愛；
而愛總在醒來後斑斑蒼老

任憑，世界那麼大
你在石上刻下的歲月被風化成沙忘了已經
自言自語多少年

許博惠，民國六十三年九月生，畢業於中山大學企業管理學系。三十歲時自金融業
職場出走，漸漸成為一個百折不撓的家庭主婦。喜歡秋天、聖誕節和小孩；怕狗、
游泳和小孩。戀家卻渴望流浪；珍惜著所擁有的，也嚮往一無所有。

血緣的名狀◎楊語芸

那是一團痠疼的肉，從男人抽搐的那晚
就栽種了名為喜氣的苗，我們都像是
一盞易滅的油燈，於反胃的時光
總想嘔出青春的半生，在上鎖
的腹部，聽小手的敲門聲

孩子撐一艘小船，卻不知離去的方位
臍帶是鎖定港口的錨，你從遠方
找一條通往童年的航道，名為男人的
烏托邦，我看見你們以父子之名
投了血緣的名狀

除了我夫，沒有人可以厭棄閨閣的
祕密，十個月的劫後留下餘生
領了一張註記母親的身分證
而沒有尺度的女性主義
卻變成油菜花田裡的泥濘
莫比烏斯的夢魘

除了我子，再也沒人能夠複製你的口音
她們說：「女子困在男人蓋起的城裡。」
我卻試著以蜿蜒的產道打造一個
陣痛的宇宙，傾聽我夫的第一滴淚

而你們的詩都向母親致敬，或是素描
襁褓的女兒，彷彿溫暖的意象成為
三代傳家的寶物，而我卻不輕易
跟男人睥睨的眼神低頭
除了我父

盤踞樹表的並不是蛇，而是肋骨連起的
藤蔓，形成一條通往天空的彎路
這並非隱喻，是迴返血緣的單行道
就像牙齒必須與牙齒碰撞
纔能把我父臉上的風霜塗抹在
經過化療的家鄉

所以我諧擬著老年的
滄桑，就算街燈亮得刺眼

我也堅持鑲嵌已然遙遠的我父
於我夫的臉，只為了被你們
用文字不斷挖傷的
母土……

楊語芸，美國德州農工大學社會研究所畢業。放舟文河十餘載，曾於新聞、戲劇、出版等產業鬻字維生，現為文字工作者。著有《造反的演員》、《藍海青春後樂園》，並有譯作《死刑台前的告別》、《無辜者墳場》及《不說謊，我們活不下去！》等小說與非小說。

告別日 ◎謝松宏

原以為你是火

是絕壁上奔流的熔岩

是萬暗林裏為風景沸騰的螢點

寒冬中能把視覺化為觸覺

來焚盡我不甚規則的鬱悶

能啜飲你平緩上騰的熱氣

來暖熟我冰冷的睡意

解消那永凍的思念

原以為你是水

是日日夜夜溺死我的碧波

是能與我齊眉予我觸礁的飛瀑

我於山崗上啟程

聽信你名字裏遠方的濤聲

卻輕易地抵達乾燥的彼方

自淚水豐沛起來　血脈開始乾涸

我飄盪的靈魂自天垂落

睡成一粒漂沙

輕輕抵著鮭魚的肚腹

迂緩溯往你的源頭

想汲取終日汩汩迸流的思念

你為何不作光

令人發抖而沉重的流星

若生了你

我願意解纜自己

化作甜蜜的詞語灑向天際

讓你的香馥段落分明

在我的折射裏輕輕呼出你的色彩

而我作你獨缺的

那顆看清世間的眼睛

才曉得你原來

是風

山谷間獨自言語

大地上踽踽行路

無人聞知你的氣息

無人予你結實的擁抱

萬物皆被你穿透
而你從深淵中將我眺望

才明白你原來是風
輕易吹散了我
積累一世的思念

謝松宏，1991年荔月生，臺灣大學外國語文學系畢，目前正就讀慈濟大學學士後中
醫學系。許久未提筆，近日試作詩數首自娛。

第三輯

創作詩卷

08.12.01

林煥彰／圖

瓶中信◎也思

我放入漂流木

一座沙漏　和幾條小蝦米

收蜷起足肢和巨螯

我是寄居祈求讓愛壯大的蟹

澄透的天空是我的堅殼

浮動盪漾的旅程是我的豢養期

漂抵終點時　請附耳

釋放出這則給你的留言——

而那將是一切！

——乾坤詩刊64期

貓雨
──跟進一截光陰◎千朔

把庭院的花看成你，把你歸入書頁中寂寞
於是所有讀過的文字成為霧
的歌聲；彷彿時間剛下過一場大雨
我是足跡，被大夜班的工人走過最後一道月光
茶葉蛋三分熟而已，還要等等
星星才打烊……

我們跟著悶熱與風前進，在廣場中
感受自己影子孤獨同一心跳地活著，然後
忘記某年某月某一天的自己坐成雕像，與鴿子
一同爭食路人隨手灑來的谷米
（其實吃，是本能的吃下自己
　　你說饑餓的人不該挑食
　　我是個挑嘴的人，不吃可憐的靈魂）接著
以一個然後又一個然後的然後
想起我是貓，吃下的夢
夢是一直吃掉我的那尾魚

這關於夜的梗概，還有一些大綱要修正

比如夜店狂歡魔幻撿屍，封面人物訂稿最後（

裸妝蘋果光修片遮掉暗沉肌膚調亮，PS後再定案）

城市一直丟一直撿一直反覆廣告

末日是神的錯別字（所以我塗鴉

　　　　　　　　重新認識生詞，練習破除信仰道德的人生）

只是等了一夜的雨，天

黑，白。黑了

——乾坤詩刊74期

咖啡香頌

──兼致命運◎小荷

冷天裡的一杯熱咖啡

暖亮了黑夜裡的海洋

當魚群迴旋於千重浪潮裡

不眠的舟子早已悄悄上岸

綿延的沙灘抹去了腳印

聽海浪喁喁訴說億萬年鬱鬱

思緒在啜飲一口咖啡裡

泅泳了過去

一口原味黑咖啡讓思維遼闊了

起來

氤氳的泡沫傳遞了啜飲的芳香

潮遠了

星星之眼冷了

踢開昨日煙雨蔓草天涯

放牧著的是誰嶙峋的背影

朦朧燈光下埋首審視自己生命的

奧義

乾涸了的又是誰的意志
孤傲地掙扎於浩嘆瞻望裡

空氣中傳來悠然樂音
古典而婉約
我攤開稿紙，塗鴉幾句
並試著修辭
啊！能修的是詩句
難修的是人生

───乾坤詩刊74期

小　荷，本名陳淑湄，國立北師大畢業，從事教職，耕耘於特教園地，在孩子長大後，得以重拾閱讀樂趣：文字流域裡大膽嘗試創作，塗寫生命的感動。主持新聞台荷塘詩韻，文字散見各報刊及詩刊。曾出版詩集《詩鄉行旅》、《荷塘詩韻》。

在這異地的午夜雨聲◎尹玲

正因這異地是諾曼地
槍聲砲聲海聲艦聲哭聲喊聲登陸聲
交織成一幅色澤永遠一半清晰一半模糊
無法看清的印象圖

三十多年來你到此不只百次
總是上午陰下午晴夜裡雨
昨日大太陽今日寒刺骨

或如昨日庭院內詩意黃昏裡
飲酒歡談直至夜半
今天卻在冷冷的北風中
聆聽雨聲於午夜陰陰泣訴

二次大戰至今未了的異地
冤債要到何日才能真正釐清
而永纏心頭的數十年越戰巨傷
猶如糾結數代的風濕難除

正因這異地是諾曼地

午夜雨聲最愛恣意挑撥

寫於諾曼地，2013.8.24

——乾坤詩刊68期

尹　玲，本名何尹玲，又名何金蘭，廣東大埔人，出生於越南美拖市（My Tho）。越南西貢文科大學文學學士、國立台灣大學中國文學研究所碩士及國家文學博士、法國巴黎第七大學文學博士。現為淡江大學中國文學學系榮譽教授。著有詩集《當夜綻放如花》、《一隻白鴿飛過》、《旋轉木馬》、《髮或背叛之河》、《故事故事》，散文集《那一傘的圓》，學術專著《文學社會學》、《法國文學理論與實踐》，中譯法國小說《薩伊在地鐵上》、《法蘭西遺囑》、《不情願的證人》等，並長期從事法國詩、越南詩與越南短篇小說之翻譯。

此身即是文章◎扎西拉姆多多‧北京

我大約是個被福蔭的人
被一種並不屬於我的慧能所指引

我於昔日寫下的那些
我不懂、不會、做不到的話
它們就像是森黑中螢火蟲般的教賜
又像是老薩滿的嗡嗡預言
與漠地裡的斷續伏線
它們自筆端流出
化作人形如魅
攬腰扶肩地引我
踉蹌前行

如今
它們漸漸隱遁了去
高妙的言語不再出現在我的詩句
甚至
也不在我無字的心裡

是時候了

你搏風而去

唯然

我從這裡開始

篤行

往後

此身即是文章

於北京小蝸居，2013.8.22

——乾坤詩刊68期

驚歲◎方明

何必驚訝歲月的逝流如斯
懶慵鋪展　夢或醒時
都不忘細數重疊的紅白帖子
總會賸下最後的一張蒼白還禮
到時或有一場不起眼的追悼會
朗誦沸騰其實是貧血的詩篇

離開泛春的日子是遼夐了
心願一個個被敲落
這樣也好　塵世包袱的負荷
只是過多私心覬覦的重量

似乎開始傳寫淋漓的舞台
暗裡竊笑無人挖鑿深邃腐朽的痼疾
只是無法理解
環伺的喝采與讚禮
為何不能緩遏軀殼與顏面的僵化

方　明，廣東番禺人，畢業於臺灣大學經濟系，巴黎大學經貿·研究所，文學碩士。曾獲兩屆臺灣大學散文獎、新詩獎、全國大專組散文獎。《兩岸詩》詩刊及出版社創辦人。「臺灣大學現代詩社」創辦人之一。「藍星詩社」同仁、「世界華文交流協會」詩學顧問。

回聲
——贈76級同窗榮退有感◎方群

沒有達達的迷途馬蹄，也
沒有帶走一絲絲不捨的雲彩
你揮手劃下一個感動又感傷的句點
在這個最容易平衡的位置

記憶的照片貼滿三十四格寒暑交替
我們從愛國西路星散四方，彷彿
找不回的童年持續蔓延
盆地的共鳴如何共鳴？

如何共鳴盆地的共鳴？
持續蔓延找不回的童年
彷彿，從愛國西路我們星散四方
三十四格寒暑交替貼滿記憶的照片

在這個最容易平衡的位置
你揮手劃下一個感動又感傷的句點

沒有帶走一絲絲不捨的雲彩，也
沒有達達的迷途馬蹄

——乾坤詩刊68期

方　群，1966年9月生，臺北教育大學語文與創作學系教授。曾獲臺灣省文學獎、
聯合報文學獎、時報文學獎等，著有詩集《進化原理》、《文明併發症》、《航
行，在詩的海域》、《縱橫福爾摩沙》、《經與緯的夢想》及《微言》。

女孩◎王宗仁

小女孩／這世界很大／等待你用心去尋找／探索／知道
／你的天堂／小女孩／這世界雖大／但最後你會發現那
／真實／其實全都在心上

——張芸京〈小女孩〉

作詞、作曲：庭竹／Skot Suyama陶山

在被陽光與白雲緩緩推移的草地上，她斜倚在樹旁，用臉龐淡淡接住春天的顏色。當蝴蝶不經意翩動烏黑髮梢時，早熟的苦楝子們正約好一起跳往枯葉的迷宮裡探險，而那時碧綠的湖水，仍繼續複印著遠山的沉默。

遠處有鐘聲響起，她剛好又飄落了一根髮絲；但其實又不是髮，我說。

那是，夢的撲滿。

——乾坤詩刊72期

王宗仁，曾獲林榮三文學獎、閩客語文學獎臺語詩獎、年度廣告流行語金句獎，並4度獲得國藝會補助創作、出版。歌詞作品被譜曲成為「全國大專校院運動會會歌」。著有詩集《詩歌》（遠景）、《象與像的臨界》（爾雅）。

黃昏一瞥 ◎王崇喜‧緬甸

一抹灰色小屋
靜悄悄地蹲在黃昏裡

一株老樹低著頭
彷彿在它耳邊，稀稀簌簌的
說著貓頭鷹的故事

午夜陣雨 ◎王崇喜‧緬甸

突然
像一群小鹿奔騰的蹄子
朝我半醒著的夜裡奔來

嘩然
蹄聲越過我矮小的屋頂
越過小鎮幽幽的睡夢

——乾坤詩刊71期

王崇喜，1983年生，緬甸華人，筆名號角。2012年2月與緬華文友張祖陞、段春青、黃德明創立《五邊形詩社》。同年7月出版《五邊形詩集》合集。2015年03月，首次於緬甸仰光承辦「第八屆東南亞華文詩人大會」。出版詩集《原上》。

安寧病房的一天
——類遺囑系列◎古能豪

一片光緩緩地張開眼睛

我的眼睛看見窗外流動的線條

向我走來又迅速離我遠去

忙碌的一天開始了

而你，親愛的，我怎捨得

你只能傻傻的守護我

已經多久了，和你

多久未曾從早到晚在一起了

三十幾年來總是將自己留給工作

贏得虛名，輸去一切

驀然回首，親愛的，你好遙遠

我只能在夢底見到你

我終於有充分的時間回想

今生的愛與夢想

早已在時間的消逝裡遺忘，直到

現在

已無法回頭也難以改變

即使後悔，親愛的，我怎啟齒

你會饒恕我的荒唐嗎

是否都不重要了。對於我

如今肉體的疼痛能夠獲得緩解

有你陪著，看日出日落

攜手散步，呼吸新鮮空氣

這樣的日子，親愛的，我好滿足

儘管你靜靜的，不發一語

——乾坤詩刊78期

古能豪，1955年8月13日出，臺灣高雄市人。掌門詩學社同仁，出版：新詩集《類遺囑》等五冊，小說集《子夗仔子》等七冊，散文集《六十老人愛生死》第十六冊，合集《古能豪台語詩文集》第三冊，其他《帝王不死》。

回甘 ◎白亞

用貓伏的姿勢默讀
賴以果腹的詩句
在冬日撐開陽光
沏壺雪芽，經過可能

當我想你時，火與雪總不相讓
那是煮酒的顏色
空氣裏互為彼此的傾城
跌跌撞撞，填滿生命的凹

當我想你時，拾來幾行低吟，吻你
胸膛上緊了又鬆、鬆了又緊的溫暖
搯著水的翅膀
刨亮愈來愈不安靜的回聲
癮了靈魂愛上的
癮

2014.12.14

——乾坤詩刊74期

白　亞，屬水，感性大於理性的線裝書，四處奔波的媒體人。每當疲憊擱淺在鍵
盤，微笑只剩一杯黑咖啡的高度，就偷渡一滴雨的時間，在像睫毛一樣的世界下，
不安靜的守著安靜的小宇宙，抒情我的抒情。

旅店◎白靈

四樓，年輕旅人一夜以自慰消火

三樓，婦人攬鏡嘆息腰身

背後，大睡去一名壯漢

二樓，商人還在鍵盤上算計明天

一樓，老店家鵠候著眠神幫他關門

窗外，是正在下沉的鉛色的月亮……

——乾坤詩刊70期

行李◎白靈

沒有兩次提的
重量能完全相同

也沒有心情出門
兩回一模一樣

足球的弧　雲遊的形　花之開　雨的落
你的髮和笑　何曾飄得完全重複？

——乾坤詩刊70期

白　靈，本名莊祖煌，1951年生，福建惠安人。臺北科技大學副教授、年度詩選編委。曾任臺灣詩學主編。曾獲中山文藝獎、國家文藝獎、 2011新詩金典獎等十餘項。創辦「詩的聲光」，推廣詩的另類展演型式。著有詩集《昨日之肉》、《五行詩及其手稿》、《愛與死的間隙》等十餘種，童詩集兩種、散文集三種、詩論集《一首詩的玩法》等六種。建置個人網頁「白靈文學船」、「乒乓詩」、「無臉男女之布演臺灣」等十二種（http:// www.ntut.edu.tw/~thchuang/）。

眼淚的祝福◎白依璇

聽說，沒有更完整的愛
就沒有更完整的恨
不給時間推拖的藉口
意外總是很突然

我不是吃飽太閒雞婆管事
只是，在悲傷的建築結構裡
找不到安身立命之處
但臉上的過敏已經太嚴重了

在醫院，看不見星星的窗前
打電話給年輕詩人聊起最近心事
她正在燃燒鼠尾草祈福
像個有魔法的女巫似的

恍惚之間揮揮手中的魔杖
在夢中，我們還能一起逛逛夜市
喔，誰能呼喚出神的光與垂憐
能夠把你從病床上喚醒

啊，不如再把手邊的可樂當成酒

一起乾杯吧

有些對你說的體己話

聽來讓我生發起

既是羨慕卻又憤怒的情緒

也許，明天早上不甘寂寞的麻雀們

會成群地飛來把你吵醒

喔，居然已經沒有更完美的回憶

來懷念你了

把所有酸甜都藏於為你流的眼淚

以此來懷念你

並獻給仍在愛裡奮勇的人

白依璇，本名高省軒，1985年生，暨南國際大學中國語文學系博士候選，靜宜大學臺灣文學系學士、國立清華大學臺灣文學所碩士。曾獲2005年蓋夏文學獎散文佳作、2014年第十三屆水煙紗漣文學獎新詩佳作等；詩作散見於臺灣日報副刊、新地、紅土、玉山國家公園簡訊、現代詩、創世紀、海星詩刊、聲韻詩刊、乾坤詩刊等。

寂寞的水牛
——悼何乃健◎冰谷

當所有的莊稼都機械化了
田野上，仍有一頭水牛
腳步落寞，不停歇地
在阡陌間覓覓尋尋，探索
金田螺的繁殖真相，和
稻秧黃葉病的起因

水牛知道，只有像他那樣
背負重軛，早出遲歸地耕犁
稻禾才長得油綠綠，迎向朝陽
等待主人，臉上拋出朵朵鮮花

水牛也知道，只有流淌汗滴
結實最多的那片耕地，像適耕莊
所有的稻穗，都像拉滿的弓
垂成月亮羞赧的蛋臉

水牛更知道，長久以來
米香的適耕莊，不是米鄉
那股芬芳，像不被承認的獨中文憑
寂寞地，永遠在流言中飄蕩

2014.10.22雙溪大年

──乾坤詩刊73期

冰　谷，本名林成興，1940年11月28日生於大馬，中學畢業，歷任橡膠、可哥、油棕園經理，大馬作協、亞華世華會員。出版新詩、散文十餘部，作品收入國內外二十餘種文選，多篇散文被選為中、小學教材，作品多以自然風物為題材。2012年榮獲第13屆亞細安華文文學獎。

蕃薯之歌◎向明

我住的地方像一枚蕃薯
土地離它遠遠的
只有海浪不斷在四周起伏
一粒父母離棄的蕃薯

我賴以生存的地方是一枚蕃薯
我是一粒寄生在它身上的種子
吸取它身上的營養
壯大我乾瘦的四肢身軀

我現在已長成為一枚蕃薯
作為一種土生土長的作物
有我自己成長的祕訣
更有我始終被輕視的痛苦

我已是一枚籐蔓青青的蕃薯
果實藏在地裡慢慢肥大茁壯

不需要任何招貼張揚
蕃薯的身價而今不問可知

我想問蕃薯一個問題，別開
基因、神態、長相和血統
是否蕃薯也該實行地方自治
或者蓋一個小小的土地祠

2012.11.10

──乾坤詩刊65期

秋天回鄉 ◎安琪·北京

這個凌晨三點半即翻身而起的人

也不管北京深秋的寒氣

這個五點半即打車奔赴機場的人

也不管路途陡峭，白露含霜

她在空中打盹，睡夢中被故鄉的山河撞醒

滿眼青翠的綠

樹在南方不知道秋之已至

不知道秋之含意

這個在南方不知道愛鄉愛人的人

此刻回程接受詩之訓誡

滿城短袖的男男女女

兀自呼嘯的大小摩托

這個在北方的曠闊中迷失方向的人

此刻貪婪吞食著狹窄街道熙攘的氣浪與凹

凸口音

再一次

她迷失在故鄉拆了又建的樓層間恍然已成故鄉的

陌生人！

她呆若木雞

她不知所措

事實上她已是故鄉和異鄉的棄兒

這是宿命，必然的

如果你也曾拋棄故鄉

她就是你！

2012.10.30北京

——乾坤詩刊69期

安　琪，本名黃江嬪，1969年2月出生，福建漳州人。主編有《中間代詩全集》
（與遠村、黃禮孩合作，海峽文藝出版社，2004年）。出版有詩集《奔跑的柵
欄》、《你無法模仿我的生活》、《極地之境》等多種。現居北京。

魚的寂寞 ◎朵拉·上海

鈎子鈎子——

這是多麼令人恐懼的事情，光，白森森的

一直在腦海裏揮之不去

失去平衡點

她打翻一只黑罐

「因為你洩漏祕密

　所以你，只能做回一條魚……」

——臺詞

已經背得滾瓜

爛熟，還有一隻撲火的蛾子需要分解

撲向東方的濕地

提醒她

網，是沒有鋒刃的刀

——乾坤詩刊74期

朵　拉，本名程勤華，生於1974年年10月，居上海。詩作散見《詩刊》、《中國詩歌》、《詩選刊》、《上海詩人》等文學期刊，詩作入選《中國詩歌地理：女詩人詩選》、《中國當代愛情詩精選》、《中國網絡詩歌年鑑》、《2014年詩品短詩200家》、《中國首部微信詩選》等詩歌選本2014年詩人文摘年度詩人。

給繆斯
——贈劉正偉詩人◎艾琳娜

思憶，偶然遇見繆斯
從此詩和妳一樣不再寂寞
迴想，春日海芋的季節
三月如夢起時的浪漫香甜

初夏木棉花偷偷預告秋意
十二月雨季守候多情的海風
一把思春的麥子送別他鄉遊子
而薰衣草悠悠回眸一抹微笑
回憶，永恆的戀人

人生，亦如油麻菜籽般苦悶
午後天空像遙遠的時間之河
關於閒愁歌詠的愛情故事
童年與鄉愁，總是懷人迷思

佇立車站獨思，歲月已讀不回
每每思憶，孤獨與寂寞錯身
午夜裡，失眠的枯立春情
那遙望門前落櫻山峰的雲海
才是，愛與詩的故鄉——

註：詩句亦多出自詩人《新詩絕句100首》詩題。

——乾坤詩刊74期

艾琳娜，本名鍾林英，1971年生，苗栗客家人，育達科技大學社工系畢。現任慈祐醫院附設護理之家社工、台客詩社副社長、客委會客語薪傳師、苗栗縣客家語言推廣協會理事及慈愛協會服務組組長。曾任國小課輔員、故事志工、新移民家庭訪視社工、法務部矯正署苗栗看守所少年觀護教誨及關懷弱勢訪視志工。

等待盛開的種子◎何絜風

追逐，沿途揚起不斷的沙塵
那美得過火的雲霞
掛在山巔的樹枝頭
舞動夕陽的朵朵殘紅

那些江湖上的玩意兒
還沒停歇，冷不防
隨著盤根錯雜的風
簌簌地，攀爬著
每一個來來去去的季節

太虛境幻的當下，視線
卻早已是漫不經心地，席捲
洄流了清雋的眼瞳

那等待盛開的種子
沒有來過……

——乾坤詩刊73期

話說哈瑪星◎吳昌崙

想當年，填海造地後
空氣中一直帶有淚水的鹹味
倚著打狗港，眺得到半屏山
日漸的矮化和蒼白
雄鎮北門屹立哨船頭，苔痕
斑駁著拍岸的濤聲，曾經
舶來的風華，柴山獼猴們知道
歷史從來都沒準備好
就趕著登場

愛河是一首曾經NG的詩
第幾煙橋下，流鶯穿梭亂啼
一時荒唐的榮華燈紅酒綠了
背光的歲月，木棉與鳳凰樹
總在春夏間舉事挑釁豔陽
上世紀，蔗糖生鏽的甜味
在硝煙中發酵成早熟的酸楚
而旗後山頂上的燈塔還在熬夜

等待誰人來解說黃粱夢

那誤唱了一甲子的

港都夜雨

——乾坤詩刊74期

五月風聲◎希尼爾·新加坡

濤聲依舊。你涉江後
兩岸的濤聲依舊
我的龍舟接不住你
你的心聲依舊。尾隨一片
扭曲的粽葉
心聲流落在混濁的江水裡

你是一冊意象模糊的離騷
你的九歌無人聽得懂
我的米粽賄賂不了江魚
江邊的一叢蘆葦，低頭
嘆息

有關你的流言
隨著光陰的遺溫
在流放的宿命裏
流散。僅僅留下
濤聲

你涉江後的濤聲

擱淺在歷史的末章

———乾坤詩刊76期

燈火通明 ◎李宗舜

半甲子風風雨雨

愛人以半邊白髮

沐浴了家園和點綴的新居

走過田野稻草

走過大興土木新鎮

走進我，不曾平靜的夢裡

半甲子風風雨雨

對著晚歸還沒熄燈的腳步

對著窗外遲來的月影

投射到遠方，滾燙的目光

一雙手，等我回家開門

半甲子風風雨雨

來到風雨人間

渴慕的深影是孩子

漸漸長高的無限視線

有點累了，數著石階

想到愛妻耳邊的對白
承諾的風吹起
小房寬廣，暖暖散發
整夜燈火通明

2013.5.11沙亞南

──乾坤詩刊67期

李宗舜，本名李鐘順，易名李宗順，筆名黃昏星。祖籍廣東揭陽，1954年生。1974年赴台，就讀國立政治大學中文系。曾任神州詩社副社長，現任馬來西亞天狼星詩社常務副社長。詩文入選《大馬詩選》、《馬華文學大系詩歌》、《馬華新詩史讀本》、《我們留臺那些年》、《眾星喧嘩》、《天狼星科幻詩選》等。

妳不在 ◎李昆妙

曾經
生活如此構圖：
我有遠山的輪廓
妳以花鳥的心情

我的大塊風景，一眼能盡
許多事，不必柳暗花明
有那微風吹過，毫髮輕落
拿捏的線條，妳在人間小心行走

如果，丘壑妳經過
我可以懂得，花鳥的紅綠
如果，多方我雲遊
妳仍會看見，潑墨的遠近

一幅中堂，落款鈐印
安居樂業

日子從此
山明水秀，鳥語花香

卻教，山外飛來一雨
驚得妳的翠鳥濕聲而逸
慌得我的畫羽的筆，補的
怎是刮痛你的眼的

長皴短皴。問妳
眼底的渲染：
這世界，像不像我的
山山水水那般寫意？

還沒說完，許多話
已經被妳搓揉，洗走
傾斜的硯池，剩下
一圈一圈，漣漪的我

匆匆點了苔，一堆岸石慌亂
宣紙滿篇，沒有靈感

那些留白，帶走你的
青紅皂，留下我的白

鼓起中鋒，問候妳的餘墨
描摹那曾經的依依
春日讀書那個仕女，邀坐
到我這座青山涼亭裡

妳不在
我決定，開始
想妳
畫妳

——乾坤詩刊76期

李昆妙，1958年5月生。雲林鄉下人，教職退休，年近耳順始寫詩，詩作多發表於
《乾坤詩刊》、《創世紀詩雜誌》、《海星詩刊》。

時間有空隙◎李明足

他等待最後一班列車　卻忘了第幾車廂
折價車票註明阿茲海默症
月台上不同的情人來送行　他揚起嘴角
一再叨念的還是妻的名字

隱約聽到列車進站
「各位旅客：請對號入座，小心時間的空隙⋯⋯」

——乾坤詩刊70期

島，被咒語困住的浪花◎李明足

白雲是藍天放任的
千變萬化　情挑多少凡間傾慕

潮汐敲打著節奏　我擎起一朵亮麗
拔高　拔高　為親吻那飄來的瞬間

不慎遺漏的　海女巫的詛咒：
「愛上雲，你將忘記海平面」

——乾坤詩刊70期

李明足，文學博士。佛光大學兼任助理教授、中華民國兒童文學學會理事。興趣多元，與詩相關者如下：大學曾獲新詩獎項，近期詩作散見《乾坤》及其他刊物；2008臺北發表生態詩論述，2012應邀福建兩岸詩人筆會，2014赴南韓亞洲兒童文學大會發表童詩。

如果有一個渡口再不用道別揮手◎李青榕

我喜歡你身上
有海的味道

睡著的時候像夜晚
一艘刻畫愛人姓名的船
安靜停泊

時常想起那個夏日
你溫柔來到，爾後
拓荒一些名為陪伴的風景

我啊，便如此屈服了此生
再無可能習慣
踽踽獨行

晚安，祝好夢
讓夢境攀上青草的綠再讓
脈搏都開成花朵

你知道吧我會

一如當初你留下來那樣地

留下來

陪你生活

——乾坤詩刊74期

背單字 ◎李進文

我知道妳的人格是水
必須連續發聲才聽得出愛或不愛
妳總嫌我舌尖不俐落
氣聲無法拿捏得像石榴爆裂
唇齒咬合也不像唧一枝玫瑰
妳說：得大膽騎上野馬跟著節拍
來到聲帶
但字義險險推我下斷崖，唉唉

為何妳躺下的樣子像草寫
怎麼拼音都美
我羞得臉頰都不敢開花了
我返回少年時代
拿些泥土和微風拌在一塊
用來敷妳
因妳在我連綿的唇齒喉舌間跌傷腳踝

我的志願是要朗誦妳，讓妳好聽
將妳從外語唸到像我的國語

讓每個名詞都是小鹿

動詞在妳的曲線飲水

形容詞多麼像跟水水的世界做愛一次

又多一次

而文法是金髮碧眼

我則有東方的怪思想

我怎樣把文字熟背到夜色和細雨融為

妳的肉體

才有異國情調。

閉著眼睛背單字

有雨傘節，羅勒葉，微風以及妳

妳卸下耳環的微響

哇！一個單字這麼背起來其實更像

一條河興奮地靠向妳跳水的胸部

杵在藍色與顛沛

我用旋律綁住第三個單字不讓它單飛

如果我懂得愛撫就懂得字母

妳赤腳佇立溪石張望我知道那是：輕聲

而妳身上的香味有我不曾注意的：重音

我有一個志願要把語言學好

為了將來

的詩

我將嘴念成喙，我正在背誦的單字是飛

飛飛飛，帶妳飛

私底下以根的速度穿過唇形

臉頰肌肉熊抱音質音色

背誦單字無論如何都要先熟悉肉體

才能瞭解靈魂

在大黃蜂與宵夜之間

有我紫蘿蘭的音節

默誦單字比人生長篇可解煩憂

從一字一字如花生米的咀嚼

到整段囫圇的下午

字母們追殺時光

——乾坤詩刊61期

李進文，1965年生，臺灣高雄人。現任聯合文學出版社總編輯、創世紀詩社主編，著有詩集《一枚西班牙錢幣的自助旅行》、《除了野薑花，沒人在家》、《長得像夏卡爾的光》、《靜到突然》、《雨天脫隊的點點滴滴》等多部詩集；另著有散文集《微意思》、《如果MSN是詩，E-mail是散文》、美術詩集《詩與藝的邂逅》、動畫童詩繪本《騎鵝歷險詩》及《字然課》等。曾多次獲時報文學獎、聯合報文學獎、臺北文學獎、臺灣文學獎、林榮三文學獎、文化部數位金鼎獎等。

泥土之逃命無方 ◎李瑞鄺

神佛終究還是自私的

眼不見為淨也罷

無力可回天也罷

總之申請他調獲准

難掩興奮卻又語重心長

「這片土地遲早將油盡燈枯

　　長不出五穀蔬果

　　餵不飽五臟六腑」

言罷挽起土地婆小手

踩上雲端飄然而去

一群蚯蚓土丘列坐聚會

熱烈討論移民相關事宜

之前有幾家迫不及待先行離去

泥土酸了　食物短缺了

泥地不再鬆軟

肌肉無預警酸痛

外出到處碰壁

漸漸不良於行

總之除非萬不得已

誰又會喜歡流離失所

盤古是開了個天大玩笑

闢地之時忘了裝上手腳四肢

不能走南走北

不能趨吉避凶

皇天在上

竟捨得見死不救

——乾坤詩刊80期

李瑞鄺,出生南投草屯。臺中商銀經理退休。已停刊的《匯流詩展》及《詩脈》同仁。1982年出版詩集《門檻》,同年詩作入選張默主編《現代百家詩選》。曾參與南投縣政府「文學記遊」、草屯鎮公所「詩繪草鞋墩」、文訊「2014文藝雅集關懷列車」之專案寫作等。

沉船 ◎汪啟疆

沉陷很久的船，打撈起來
它的銹同骨架都會鬆垮
沉陷很久的船，已朽蝕不勻，擱成
海底一部份，另一個礁盤
聖地牙哥接艦看到了沉船歸屬

大雨航行，整片淋漓的海洋湧在舷窗
值更伙伴連同瞭望都避進駕駛台了
臉孔突然閃過一艘船雨裏的起伏沖刷

心很濕，是對自己的憐憫
衣裳是乾的。圖片內
正被打撈起來的船
外面濕的，骨頭也是脆濕的
聖地牙哥解說員這麼說
已是失去了原來的強硬而脆弱
已是不容離開的大海一部份

——乾坤詩刊64期

汪啟疆，曾任海軍將官。現為《創世紀》詩雜誌社發行人、講員及監獄志工、監獄讀書寫作班輔導。2015年出版詩集《季節》（九歌）、2016年出版詩文集《加利利海邊》（校園）。

此夜◎秀實

此夜所有的話語都遠離了我，訊息都因為孤寂而隔絕
我落拓地窩居在一個無人知曉的片區
滿園的幽暗把我重重圍困著連月色都透不進來
窗前給砍伐了枝葉的紫薇樹與我靜默對坐
那些淡薄的路燈脆弱地亮著如游絲般的氣息
是我的晚景啊，那些沒有果子沒有樹葉的頑固

前奏◎秀實

在白茫茫的雲間俯瞰連綿不盡的凡塵與蒼生
沒有了前生如赤裸的身軀只剩慾念的存在
所謂生之疲累，是一隻季候鳥在冷暖的輪迴中
倦倒在沒有樹木可棲的深谷中
此時妳降臨了，以五花八門的前奏
我是唯一的信眾，也將是把妳推翻的叛徒

——乾坤詩刊72期

秀　實，香港詩人，1954年7月生。2015年入籍臺灣。香港詩歌協會會長，圓桌詩刊主編。著有詩集《臺北翅膀》，詩評集《劉半農詩歌研究》，並與臺灣詩人葉莎合編《風過松濤與麥浪——台港愛情詩精粹》。

排毒 ◎周忍星

你把記憶種在我體內
好深，好深
卻長不出我跟你
一樣的童年

那些爬行的，雲
在我身上不斷
降雨
試圖沖洗根深蒂固
的憂傷，它有自己的版圖
你的手指輕輕一劃
版圖四裂，我是最龐大的那一塊
迷途

沒有青春，綠莽如何撒野
沒有旗語，藍天如何飄揚
沒有曠野，溪流如何藏風

只有落霞飾邊，縫綴一朵

彤雲，勒緊炊煙的頸項

讓夜空暴突吧，一顆顆晶亮

排也排不盡的

孤獨。

——乾坤詩刊76期

周忍星，本名周潤鑫，1966年5月生，臺灣屏東人，現居臺中市東區。2013年開始發憤積極寫詩。詩作散見聯合副刊，中華副刊，以及《創世紀》、《華文現代詩》、《乾坤》、《笠》等詩刊。

瓶中信◎阿布

我住在冬天的玻璃瓶裡
讀你寫來的信
帶著充沛的陽光
懶散的影子
穿過暖暖的落地窗

有時，你哭泣
瓶裡的天空
也會跟著下起了雨
我撐著傘等待
等待你終於笑了的時候
如雨後的草地
冒出蘑菇

你偶爾會彎下腰來
看著我笑
你的眼神就像
雲層間掉落下來的陽光

在多枯葉的草地上

柔軟，且微微發燙

——乾坤詩刊67期

阿　布，1986年五月生於臺灣，曾獲聯合報文學獎、時報文學獎、香港青年文學獎首獎、年度優秀青年詩人獎等，作品入選年度詩選與年度散文選。著有散文集《來自天堂的微光》、《實習醫生的祕密手記》、詩集《Déjà vu 似曾相識》、《Jamais vu 似陌生感》，曾於皇冠雜誌連載專欄，現為精神科醫師。

日正當中◎非馬

膠著的對峙裡

終於有一隻

沉不住氣的隼鷹

自密林

子彈般射出

然後一個翻身

疾衝向地面

越來越清晰的

黑色的

自己

——乾坤詩刊64期

秋窗◎非馬

進入中年的妻

這些日子

總愛站在窗前梳妝

有如它是一面鏡子

洗盡鉛華的臉

淡雲薄施

卻雍容大方

如鏡中

成熟的風景

——乾坤詩刊64期

非　馬，本名馬為義。威斯康辛大學核工博士，在美國從事能源及環境系統研究工作多年。曾任美國伊利諾州詩人協會會長。著有中英文詩集二十三種，包括最近在巴黎出版的漢法雙語詩集《你我之歌》及漢英法三語詩集《芝加哥小夜曲》。詩作被收入百多種選集及教科書（臺灣、大陸、英國及德國）並被譯成十多種文字。

重讀少作◎孟樊

隨手翻閱未曾曝光的詩作
——封存於陰暗的時光膠囊裡
用字舛誤疏漏，意象失準乃至陳腐
左瞧右看，來回逡巡
那是我蠢動留下青澀的
痕跡，泛黃在夜空下
羽化成星光點點飛翔

翱翔在A女郎那漫步翩翩
「靜謐中吹來春暖秋涼的氣息」
「與我同化為無形
　遺下一尾長長的刪節號」
但那說溜嘴的
始終說不出口的話
卻被另一位B女郎
「輕輕地踩過」
「像地上碎碎的
　碎碎的落花」

我真有憂傷不能歌嗎？

「那一季的信箋叫我流連

　　遛躂在妳的舞衣下

　　尋覓三月裡仍舊聆聽的音籟

　　在五線譜上抓住失音的樂符」

這可是回給少女C的答書

令人一夜無法成眠的意象

而留連在一封封拆了又糊上

密密麻麻的思念

像夜鶯那神祕帶點悲戚的吟誦：

「當你正傾洩你的心懷

　　發出這般的狂喜

　　你仍將歌唱，但我耳朵已然徒勞

　　你高亢的輓歌成了草皮一堆」

唉，在詩思裡我用盡了言辭

只求來──「在最清澄的路上

　　　　　　妳是唯一的美」

是的，妳們是唯一的美
就這般將時光凍結
在我年少手寫的情詩裡
手心依然留下數不盡的

——乾坤詩刊73期

第二鄉愁◎孤鴻

半年的旅居生涯
讓臺灣變成我第二個家
離開這片樂土後
揮之不去的是第二鄉愁
一○一大樓每次在螢幕出現
都像注射器扎進我的心
痛，但也止痛

一夕遊淡水竟預約三年落日
思鄉與相思橫豎都酷似
戀，又苦非戀
就是貪享這痛並不痛的感覺
就是耽溺這似戀非戀的境界
這才常常夢回那段旅居的歲月

手持自繪的簡易地圖
在回憶撒了歡的街頭問路
說不清是為獵回輕易溜走的幸福

還是任腦波熬煮刻骨銘心的孤獨

又一次次於夢的沸點驚醒

被北捷月臺咕咕咕咕的關門警示聲

那聲音早已植入我骨髓，如熱血滾動

我不願流血，便退而淌淚

若不宜淌淚，就只好深藏

藏進獨身旅居時慣聽的台語歌

藏進集滿風土人情標本般的畫冊

攪拌以沁人心脾的濃濃臺灣味

一行結晶的沙，悄然被海風叼出眼窩

臺灣不是我的家

卻恒常于心靈間點燃溫暖的燈火

第二鄉愁旁人終究難懂

卻注定為我抒寫一生的悲歡離合

——乾坤詩刊76期

孤　鴻，本名滕暢，1988年8月生於天津，數學專業碩士，自幼熱愛臺灣文化，曾赴台大做交換學生，兼及閩南語本字研究。2012年正式開始詩歌創作，以愛情、地景、內心風景等題材為主，2013年9月開始發表詩作，作品散見臺灣多家詩刊及文學雜誌。

悼念密友 ◎房子欽

前天，你一動也不動
溽暑的仲夏
你的體溫完全冰冷
只好把你送去
光復路旁NOVA醫院

今天，醫生傳來噩耗
說你太老，沒有那種心臟
可供移植，請我節哀
連診療費也退還給我

我馱著你的殘骸回家
夕陽下，一路想念
你我過去的友誼
我的情詩和千萬位元的祕密
鎖在你我內心深處
進入，永遠的黑夜

——乾坤詩刊76期

房子欽，1965年4月生於苗栗獅潭，滿山桐樹及竹林的農村，新竹教育大學博士。語言學專業。基督徒。現任關東國小英語及客語教師。因本本語教學而開始接觸新詩並著迷於新詩。謝謝《乾坤》諸位編輯錯愛和鼓勵。

陳有蘭溪的悲歌 ◎拔力・馬迪可拉岸

一生記憶的第二個母親
故鄉的母親河
一如其名
有如蘭花高貴典雅

亙古至今，臺灣歷史未曾記載這麼一段
那是太陽旗下逃過血腥屠殺的古老民族
在母親河的庇蔭之下
燃起延續薪火安身立命的一道曙光

曾祖父握緊祖父的手，指向母親河
你的後代要在此繁衍興旺
在與土地共榮共生的誡命之下
如魚得水

祖父握緊父親的手，指向母親河
你要教誨你的子孫榮耀這塊祖靈之地
遵守誡命，讓大地森林巨大的水龍頭
生生不息，激化成家族血脈更勝千古流傳

父親用顫抖的雙手握住我的手
指向已經毀容的母親河
怒斥文明貪婪之手毀掉祖靈之地
更奪去大好山林如火蟻爭食

瘋狂行徑招惹山神發怒引來大自然的反撲
母親河變身為面目猙獰的巨蟒
多少奔逃的生靈成了牠伺機獵殺的囊中物
一場悲劇又上演著一場悲劇

孩子，在你這一代我能給你的不是祝福
而是祈禱祖靈保佑你的家族並守住你的孩子
讓無可預警的命運悲劇
在你的孩子身上轉個彎

2013.7.20

——乾坤詩刊76期

拔力·馬迪可拉岸，本名全萬才，1954年生於封閉落後山地部落，與文明社會遠遠隔絕。晚近國民教育，註定我半開化的腦袋，永遠趕不上時代，人生暗淡非白即黑。時至今日，仍然努力冀圖以寫詩寫生活，為晚年人生補綴一些亮點和色彩。

綠川夜鷺◎林廣

一

在城市喧囂之外

蟄伏。守候

你是被遺忘的隱士

偶爾也振翅飛起。彷彿

暗合引磬的節拍

在綠川映照中覓尋

前世恍惚的

身影

二

你我確曾相遇

在忘川　在空無的枝梢

你以輕輕雷鳴

召喚我　忽又化為細雨

穿透輪迴的幻影

讓我在你的翅翼

踩出一片

輕雪

三

想必劫難來時

你的孤絕也無法挽留欲墜的星

我把眼耳鼻舌身意六識

──摘除　交給風

你以三千煩惱　綿綿

密密　纏繞我們的前世

今生　讓叩叩的木魚如實

解讀

──乾坤詩刊79期

陽光下的祕密◎林劭頡

歲月醒在朝陽與月夜之間
我醒著卻也睡著
我的靈魂依附在你的肉體上
這樣活著也這樣死著

靈魂充滿支離破碎
陽光的背面我躲了起來
城外的千目像是嚴禁條文
我,說不出自己是否還是自己

千條的書典像是樹上的葉片
卻無法開出一朵薔薇
百合的香味只能在小紙條上偷偷傳遞
陽光下的祕密
鎖在文藝復興的雕刻上

——乾坤詩刊74期

林劭頡,1982年2月生於臺北,華夏技術學院畢業,目前是一位上班族。2014年開始投稿,並在《野薑花》詩刊刊登首次投稿詩作,後陸續在《乾坤》詩刊等各大詩刊發表名作。

脫軌◎侯思平

月亮偶爾脫離了軌道
它在去的方向旋起
來的位置沉落

我還想有一些小小的堅持
成為沸騰後升起的小水珠
倒掛懸崖邊陲
將生命中的喜悲一分為二

叫你一聲親愛的
我要潛入你的
困擾，你的逃亡
為你燃燒脊骨和血流

我想要知道結局
密謀虛構更強的誘引
等待瀕死的氣息召喚

——乾坤詩刊76期

侯思平，1967年7月15日生，生活糜爛，一事無成。曾就讀國立成功大學附設高級工業職業進修補習學校，追隨一個流浪的理由，臨畢前當了逃兵。寫詩僅僅為了救贖負債的靈魂，割捨貪嗔罣礙，期望有風來時就能輕輕飄散。

重返孤獨國
——悼周夢蝶◎南子・新加坡

他於鬧市

結跏趺坐

直上非想非非想天

再上一層

就是孤獨國

孤獨國土，很小

只容納一位老者禪坐

國土也可以很大

無窮的稠林

讓一隻失魂的蝶翩飛

那年，他離開大陸

來到一個隔海的島

到武昌街

小小的書攤

坐出一個遠離濁世的詩人

如今，所有的煩惱已斷

他不再感受痛苦的折磨

不必再為群眾的喧鬧掩耳

下次輪迴前

有短暫的時間休息

————乾坤詩刊76期

南　子，本名李元本，1945年6月7日生，祖籍福建永春。南洋大學畢業，南京大學中文碩士，是新加坡現代文學的開拓者之一，在上世紀六〇年代開始新詩創作，也是新加坡華文詩壇有顯著成就並具獨特風格的詩人。

我常常走在民國的街道上 ◎施施然·河北

我常常走在民國的街道上，步履輕盈
而優雅。噹噹作響的電車，從默片裏開出來
灰色長衫和月白旗袍禮讓著上下

不遠處的鐘樓，是夕陽中的詩人。一群
潔白的鴿子，把閃亮的詩行寫在彩虹的臉上

兩條有風骨的弧線，向身著灰裝的
不老建築的文藝復興裏延伸。那裏有我們
窗明几淨的家，和一雙晶瑩的兒女……

就像插上了時間的翅膀，我常常就這樣
走在民國的街道上，步履輕盈而優雅。四月天的
花香很近，沒有憤世嫉俗，只有兒女情長

——乾坤詩刊74期

在茫茫風中
——關於電影《濃情巧克力》及其他◎洪淑苓

在茫茫風中
你的裙角飄揚

沒有戰爭
沒有苦難
只有房間內娃娃的哭聲
只有廚房裡成堆的碗盤
古老的差事
古老的煩惱

你幻想著北風吹起的時候
你會和雲一起飄走
要不，和那個女角一起
到更遠的地方
她的櫥窗擺賣巧克力甜點
而你在窗邊小桌寫詩
來往的人不少

但無人知曉你
也無人讀你
你只是一直寫一直寫
直到天色暗了
直到銀幕也黑了

不知道季節的風去了哪兒
不知道小鎮的人去了哪兒
不知道那個女角去了哪兒
還繼續做蛋糕做巧克力嗎
還繼續寫詩繼續做夢嗎，你？
──如果連窗邊的小桌
都沒入黃昏的憂鬱中

你漫無目的走著
小巷盡頭是別人的家
別人家的娃娃哭著
別人家的碗盤堆著
這個黃昏你只想
像雲一樣的飄

像雲一樣
在茫茫風中

2014.8.14於黃昏中的咖啡館

——乾坤詩刊73期

洪淑苓，臺大中文所博士。現任臺大中文系教授。曾任臺大藝文中心主任，主辦多屆臺大詩歌節及臺大文學獎。著有詩集《預約的幸福》、《洪淑苓短詩選》（中英對照），散文集《深情記事》、《扛一棵樹回家》、《誰寵我，像十七歲的女生》等。學術專書《思想的裙角——臺灣現代女詩人的自我銘刻與時空書寫》、《現代詩新版圖》等。

雞蛋花
——敬悼詩人　周夢蝶◎胡玟雯

廟僧稱你為塔樹

我說

你是周夢蝶懷裡的

那顆卵石

自昨夜一場月光中落下

在白日陽光照射到的

一池草地中

擴散

如永恆的

漣漪

——乾坤詩刊74期

胡玟雯，喜歡熱情的狗兒勝過自戀的貓咪，喜歡蕭瑟的秋天勝過花開的春天，喜歡
生命的年輕多變如同自己的詩，喜歡生命的熟成老練如同自己的未來，希望以詩關
注精神病裡苦難的人，並以藝術與詩與全人類結成生命共同體。

微熱的山丘◎胡爾泰

伐木工人走了
留下一山的靜默
採收菠蘿的人也走了
留下丘田的寂寞
那送走秋天的風
把人情一併吹冷了

雁子飛過遠方的山頭
衣衫單薄的女子
沿著曲折的小徑
信步走回山間的小屋
夕陽斜斜地射入畫室
露出角隅的桌子

女子攤開宣紙
畫了幾筆秋山的稜線
幾朵流浪的紅雲
寂寞的樹　快樂的流泉

和幾縷從山下人家冒出的炊煙
託付夕陽　寄給遠方的友人

風冷的山丘
竟然微微地熱了起來

抄書寫，2013.10

──乾坤詩刊69期

胡爾泰，本名胡其德，1951年2月生於臺灣臺南，臺灣師大文學博士。曾任教於臺灣師大、輔仁大學、清雲科大。寫新詩和古典詩，曾出版六本詩集《翡冷翠的秋晨》、《香格里拉》、《白日集》、《白色的回憶》、《聖摩爾的黃昏》、《好花衹向美人開》。

鹿抄 ◎范家駿

1.

小鹿比上次看到它的時候又長高了
它現在已經可以親吻
自己的倒影了

2.

有些比自己眼睛還要潮濕的果實
你不敢吃
那時總會把森林叫醒
要它聽聽
自己的蹄印
比風還要清澈

3.

小鹿你知道嗎
湖泊這種動物
會因為過度地注視而死去

4.

小鹿做錯事的時候
會舔舔腹部的花朵
好久好久

5.

如果沒有了霧
小鹿又該如何認得
那條回家最近的路

6.

一個斑點睡著了然後
一個斑點睡著了

7.

小鹿喜歡聽故事
它可以走到壞人的身邊
只為了聽一個
受過傷的故事

8.

小鹿把心事都告訴了
最老的那棵樹
它知道唯有如此
這些祕密
才不會跟著它一起長大

9.

你的眼睛是整座森林最靠近額頭的地方

10.

小鹿想要捕捉掉落的星星
一顆　兩顆
直到你聽見有人
叫你從前的名字輕輕
害怕了起來

11.

是真的嗎小鹿
你真的到了那個
犄角也無法聆聽的地

——乾坤詩刊70期

范家駿，筆名不二家，1973年5月25日生。於我而言，詩就像是一場始於清晨的
霧。多年前我走進了這場霧中，一場讓時間遲遲走不出來的霧，我在霧裡頭叫著自
己的名字，就像呼喚著一個最早的錯字。

最後一根火柴的心聲◎若爾‧諾爾

有一種聲音可以穿梭時空
流漣光也無法抵達的縫隙
超越歷史避開回聲，在你耳際
輕輕擦出最高密度的溫柔
那是我回家的腳步聲

你沒有聽見，甚至我的前生
點亮了你這一生你不知情
滿山的桐鈴清唱遺忘的民歌，用孤獨
描繪不存在的小鎮，用花的樂器
輕拂雨中瓣瓣滴落的跫音

倘若需要探入桐夢裏
我必得拭擦一種極小的火花
不需要太亮麗，只要精確
在一個新舊交替的方向停泊
如此你的視覺將出現一個折角
挪近心跳與足跡摩擦的差距

我離你那麼近如果你記得

勝利是我告別一個時代的代號

你不需要知道，有沒有一根

火柴可以點燃一片森林，有沒有

一片森林可以燃燒堅守一世的遺憾

在種種逢生時刻我已經

成為鋪路的光

——乾坤詩刊68期

若爾·諾爾，美國華裔，於西北大學（西雅圖）執教商管與市場行銷。年少開始寫作，得獎若干，吹鼓吹詩論壇版主 。除了分行詩，還專注於散文詩和翻譯詩。

無題十四行 ◎風客

昏黃向我進逼
夜黑自背後竄起
我打了個哆嗦
心裏開始下雪

彎弓搭箭必須確定
一旦射出回不了頭
說出的話
不是迴旋鏢

天空不為雨落淚
是雨自作多情
不管有無鳥飛過
祂不會貧血

當塞納河揉著惺忪眼睛
巴黎已經起床整裝待發

法國南部Beziers，2014.4.7

——乾坤詩刊71期

iHusband◎殷建波

手上的結婚戒指
紀錄她心跳
腕上我送的玉環
量著她體溫

每晚都在床邊
輕輕地為她蓋被
不讓她過冷
小心地為她掀被
不令她過熱

噩夢有時伸出魔爪
瞬間掐住她脖子
我這樣握住她手
直到，她呼吸平緩
直到，她露出微笑

當晨光從眼中跳出
她總要憐愛地摩挲
我無鬚的臉頰
用呢喃的聲音說：

我的愛
第一眼
就想看見你

* iHusband為新研發產品。

——乾坤詩刊77期

北國◎破弦

我在遠方迷路
繞不出整座冬季的指紋
甜味在空氣中逸散
城市倒影成一座歌德鐘塔
肺冷冽著，瞳如針尖
不得不懷疑那些盛飾的守衛
將自己蹲伏成一隻鬣狗
嚶嚶乞求，要拆路人的肋
來架這城永遠缺的一座隱修院

逆流而上的方向在哪裡
問路的旅者驚起一群禿鷹
我親眼看見，死者回歸
門廊的燈火太奢侈
誰都可能帶著面具敲門
又怎麼分得清
沾血的雙手是為新生，或死亡
只道好夢賒盡
僅有的正在老去

列車輾過冬季的尾聲

迎接下一場降雪

另一個冬天呵

——乾坤詩刊69期

破　弦，臺中大甲人，1988年5月生，金牛座，目前任喜薗文學網散文版版主，暱稱緞華。喜歡貓狗和微距攝影，是擁有三隻貓的貓奴。現代詩作品散見詩刊或文學論壇，曾獲港都文學首獎和夢花佳作。個人經營部落格：月覺‧破弦和臉書粉絲頁：詩扳手。

那片林子◎馬修

我也有一片那樣的林子
在黑髮只會長到耳際的青春世紀
在靠近外婆海邊的土坡

那時候的憂鬱很清澈
多數來自古老的書籍
詩人的幻想
與那片落盡葉子的林子背後
的天空一樣
白，且鮮冷

那片林子是跟單車並存著的
我帶它朝風叫囂的時候
我們是手牽著手
那片林子很安靜不喝止誰
當時也快樂也犯愁

確信那天沒有誰偷笑我的單頻叫囂
當時其他的世界都在枝椏深處沉睡

我對林子說出關於遺忘憂鬱的幾句話
單車也不笑我
它已經老得煞車線都起了皺
得忙著讓自己的腳步契合小徑與野草

天色轉灰
有別種聲音從枝椏裡開始甦醒
擔心憂鬱會阻礙到他們舒展
只好騎著單車離開
留下短髮時期的祕密棲息在
小徑與野草的側邊

林子是土坡的
單車是表妹的
未說完的憂鬱還是得自己收拾回家

後來，聽說那片林子，瘦了。

——乾坤詩刊79期

馬　修，新北市人。少數作品刊登於前坤詩刊。在文字面前，需要自律與謙卑、柔軟而堅定。每首詩是朵曇花，乍開乍現：乍然飄落。讀者是溫潤的大地，閱讀香氣也閱讀衰敗。詩不僅閱讀作者，也閱讀讀者。

清明雨◎寇寶昌

這是一場經不起推敲的雨
沒有閃電，沒有風暴
從頭至尾，把聲部壓到最低

此時
春天還把自己夾在一本不願翻開的書裏
抵抗鳥雀翅膀的煽動
而一句膾炙人口的詩，卻
站在四月的門檻，毫不猶豫地
把清明推進雨中

我看見，一個從雨中經過的人
回頭看著自己的影子
就像，尋找體內丟失的魂魄

——乾坤詩刊76期

寇寶昌，1978年生人。哈爾濱市作家協會會員。作品散見《星星》、《山東文學》、《天津文學》、《北方文學》、《詩選刊》、《詩歌月刊》等刊物。詩歌入圍「張堅詩歌獎」，詩藝網四週年特別徵文三等獎，〈苗夫之韻〉杯綠色中國夢詩歌徵文三等獎，詩作入選《中國當代短詩選》、《當代文學精品300家》等。

情節◎崎雲

「真的不想再這樣下去了。」

換上毛線羅織的新衣
待低潮的情緒回穩，舒爽
的思緒為花瓣帶來精神，相信
濕漉的場景都是為了幸福
所設定的結尾

確認手中握有一束機會
為愛暖化的心志，暴雨
曾使我們感到狼狽，多舛的
情節也都只是為了你
相信有愛；而不為了誰

——乾坤詩刊67期

崎　雲，本名吳俊霖，1988年生，臺南人。目前就讀國立政治大學中文所博士班，創世紀詩社、風球詩社同仁。曾獲×19全球華文詩、優秀青年詩人獎、創世紀詩社六十週年紀念詩獎、教育部文藝創作獎等。著有詩集《回來》（2009角立）。

雨時未竟◎康書恩

春天在雨時離去，像夢中
失神的眼睛。情緒抵達六月
大片夢想淋漓，風輕吹而過
秧苗漸次轉綠，還在乎穩定的秩序

始終是過熟的生態、博奕區
我們必然得降低姿態，默認
豪賭的天性：談論城市與野地
將異相畫分至同一災區

天空像是記憶的殘影，你將憂鬱
留在多情的海面。淚水結晶
原來寂寞可以是座聖潔的燈塔
和遠方的絮語相互輝映

也只是耽溺於形殊的字音
面對愛情和蠱唧，執著於
遲疑未決的天氣，該捨得或
捨不得，水蛙唱鳴時斷時續

行過不再發光的路面，我彷彿看見
童年時便預謀好的失樂園
日光恣意操弄微小、瑟縮的片影
石牆斑駁成癮，如枯葉般墜地

日落了。表情下垂成為古蹟
有時我們將謊言重現戰地
沿著坑道走進更多災區，待天黑
流放數不盡的傳說和祕密

有時，我們遺失聽力
流連在各自轉過彎就要哭泣
的陰影，不願繞過悲傷潛伏的暗壁
南下的雨點搖晃不安的夢境

夢境纏綿，伸入花崗岩不朽的岸緣
險礁堆起千層浪，壓過我們
躁動的頭頂，時光挪移
我們再次變成暗礁上失魂的雨具

應該尚有一些迷惘，夕照游成魚
滑入未知的海底。雨時未竟

耳朵撐起整個夏季，空空的心音
敲打滄桑的岩壁，深奧無比

怎知多年後，雨季會放任故事告老
最終無人逃離另一個結局──
我們依舊獨守在岸邊，等待
隻字未提的訊息，和蹉跎的語境

或許天黑正是懼怕光害的年紀
藻類也矇起眼嗚嗚哭啼
就讓我落下熟稔的藍色淚滴
在日子與日子的遠方慢慢結晶

如果春天還是得在雨時離去
我必然夢見你失神的眼睛
始終是過熟的生態、博奕區
秧苗漸次轉綠，還在乎穩定的秩序……

——乾坤詩刊74期

康書恩，筆名羽沁，1995年1月12日生。逐漸明白生活是為不斷辯證，時刻擁有更新穎的說詞與假設。畢業於國立花蓮高中，現就讀於臺灣師大國文系四年級。曾獲臺積電文學獎、師大紅樓現代文學獎，並著有詩集《潮海印象》。

從夢裡醒來的時候◎張詩勤

從夢裡醒來的時候
嘴裡含著刺痛
吐出來之後，就來不及回想
我知道甜美
我渴望甜美

甜美的都還黏在太陽穴上
拔除之後
就會有苦味的腦漿流出
我渴望真實與虛幻的倒置
我渴求太多種肉體

從夢裡醒來
耳邊有不絕的樂音
我知道，再沒有人為我彈奏
再沒有人說話
是為了我，是對著我
再沒有人看我

那個時候

我仍然躺在床上等待

蓋著被子等待

被陽光壓迫著眼瞼

被雨吸收了眼淚等待

等待更多的夢慢慢醒來

——乾坤詩刊74期

張詩勤，1988年1月生於臺北。畢業於政治大學臺灣文學研究所碩士班，現就讀於同所博士班。著有詩集《出鬼》（黑眼睛文化，2015年）。

我看到你
──悼老友夢蝶兄◎曹介直

我看到你
由毛毛蟲變為蝴蝶
那條路多麼崎嶇
別人用走
你用爬

你用爬
但「眼前
　　　和身後的路
　　　就愈來愈寬且愈甜美了」
因為有夢

因為有夢
你和蠹魚同啃著一堆舊書
蠹魚飽了
你仍然餓著但不覺
你穿著一領五公斤舊大衣

便洋洋得意說

「一暖一切暖」了

中山堂　小南門　火車站以及

半打烊的幽暗的重慶南路

你逐水草而流轉

最後　落戶在武昌街頭

與城隍坦然相對

你　排開整個城市的喧鬧

以「孤獨」立國

護衛著一顆心的寧靜

在水門汀上練字

在世俗白眼中寫詩

在走廊下的衣香鬢影中

面壁

你的意志高舉自己於

「孤峰頂上」　且終於在

死去活來　脫胎換骨中

破繭而出

別人仍舊在走

你卻能飛　雖然

「低低的，低低低低的」

現在　我看到你

躺在病床上

「翅膀不見了」

又恢復到原形

而且非藍　非紫

只是一隻消瘦得有如底片

再也沒有夢想的

毛毛蟲

我是一顆沒信仰的頑石

不解什麼「空即是色」

但當你吐出最後

一口氣　我突然領悟

「色即是空」

老友　好好走吧

「路走在足下

　如漣漪行於水面」

註：引號內為夢公原詩，又陳庭詩曾為夢公刻一閒章，又曰「一毛毛蟲耳」，夢公
　　在應酬文字上常用。

曹介直，筆名鐵雲，湖北大治人，1930（民國19）年6月初三、出生於石灰窯鎮
（今屬黃石市）。1948年冬隨軍來台，陸官畢業，任職軍中三十餘年，最後在臺灣
大學工學院上校主任教官任內退休。早年曾參與「藍星詩社」活動，出版詩集《第
五季》。

面具 ◎花文

在我的臉上落落寡歡
在歌舞臺上目眩神迷
神靈後裔的遺作
時隱時現的道具
年代久遠地模糊了

但它已浸入人創
不動聲色地轉著腦筋
黑的白的不說話
左的右的都相宜
陰謀後面的陰謀
轉來繞去裝糊塗

所以它是如此可疑
你，神靈的後裔
連同你遺傳的道具
於我是唯美而謙虛的

我會積極揭榜

我想準確地抒情一句

——乾坤詩刊68期

莊　文，著有詩集《夜裡》、《那只漢字一樣的鳥》，攝影集《時光刺點》及繪畫集《魚範兒》等作品，分別在福州、臺北舉辦個人攝影展、畫展；詩集《那只漢字一樣的鳥》獲福建省第28屆優秀文學作品獎。現居福建福州。

蝴蝶瘦了

——憶周公夢蝶◎莊源鎮

雨瘦著

降落

掬不起一滴水

卻滿地的濕濘

曾是一片行雲流賞著風景

多麼單薄的身軀卻有溫潤的眼神

輕盈展翼　飛舞

在明星咖啡館的廊下

採擷人世間的悲愴喜捨

溫情是甜的

流離是苦的

飲一行行詩歌裡的流動如烈酒還魂的奔騰

然而風景

還是漸漸的瘦了

瘦了

在毫尖刻劃的字跡行旅裡

在厚重的詩行上留下流連

化成蝶　向天

輕盈飛去

悼念周公夢蝶，想起了莊周，2014.5.1。

今日微涼，雨紛紛。

——乾坤詩刊74期

莊源鎮，1966年9月出生。臺南市（原臺南縣後壁鄉）人，國立新北高工畢業（原
省立海山高工），曾任薪火詩刊社社長，現任職壽險公司。詩作散見各詩刊及報紙
副刊。曾入選2015年度臺灣詩選、2014年度金門詩選。

初生 ◎許水富

不斷的遠方。記憶儲存
旅人走回自己空曠的夢
搭建童年違章建築
像素描記載草率的興奮
有黑的勾勒的生息。以及初生竊喜

旅人來回於一盞的故事接應
聽少年翻閱的幽微扉頁
鳥壓壓麻雀。防風林外的晚霞
赤腳踱步粉墨零亂的年代
以及逃避砲彈線索的迫近追擊

旅人留下春分。雨露和消亡
來到休耕的荒野田畝
種植自己的晚年和變遷
像頹廢牆垣。刻著歲月沉默歷史
去撫慰那些遺失的真實卦象

旅人從憂傷夢口驚醒
像推演一齣被埋沒的暗影流光
所有記憶剪接成分娩榮枯
在每站遺忘的鄉鎮呼喚今生前世
只因這裡曾是純情立命的起點

2015.9.24

——乾坤詩刊77期

許水富，福建金門人。金門畫會發起人兼第一屆理事長、中華民國筆會會員、日本國際書畫藝術評審委員、創世紀詩刊編委。曾獲日本國際書藝大賽獎七次。已出版詩集《孤傷可樂》、《叫醒私密痛覺》、《飢餓詩集》、《島鄉蔓延》及《許水富世紀詩選》（中英對照）等十二種。曾獲2014年華人世界冰心文學獎。

挑菜◎陳少

靜悄悄的星期五
日子是一座湖
倒映悠悠的卷雲
一隻紅尾伯勞飛來停歇
心就開始涼快了

從菜園回來
洗著兩簍鮮嫩的青菜
順著菜葉細細梳理
那麼細心、溫柔
像在幫孩子梳頭洗髮

肥肥的綠菜蟲
在葉梗扮著鬼臉
妳輕輕揪出來
想起孫子奏響
午後雷陣雨般的哭聲

牆上的老鐘報時
無意驚動湖中的鴨群
在日曆泛起漣漪
一圈一圈……圈住日期
牢牢記下妳的牽掛

收音機傳來懷舊老歌
輕聲搖醒
打盹片刻的妳
手中的芥藍菜挑到一半

湖心倒映幾朵烏雲
下雨也罷
孫女勞作的晴天娃娃
正在屋簷努力
召喚彩虹

穿著比地瓜葉還土綠的郵差
捎來一封問候：「阿嬤，
　　　　　　在挑菜啊！」

妳大聲朗讀早已填好的回信：

對啊，今晚孩子

要回來吃飯

——乾坤詩刊74期

陳　少，本名陳亮文，1986年生，臺灣桃園人，元智財金系、臺北教育大學語創所畢業。作品入選《2013臺灣詩選》、《2014臺灣詩選》，著有詩集《被黑洞吻過的殘骸》。

小白花◎陳維

古老門扉的熟悉召喚，我
踏入古都的記憶
交錯時空中，漫遊心內的風景
荒涼角落傳來，怯怯的
問候：「今天，你好嗎？」
一朵小白花
兀自安靜地快樂著

我用輕得不能再輕的，溫柔
拾起落入有情大地的一朵
落單的花朵，放入
靠近心房的口袋，陪我
一起工作、生活、旅行

在月光帶著多情的祕密
入夢的時刻，總讓我憶起
深埋在左心房更深處的
你，如一朵小白花

在愛的廢墟中

盈盈發亮

——乾坤詩刊74期

陳　維，六年級後段班。臺北商業大學助理教授，淡江大學英文系博士。桃園文化局出版補助「博愛老街文史紀錄」計畫主持人。「鍾肇政客家文學營」新詩、散文評審，詩作散刊於臺灣時報、自由時報及乾坤、華文現代詩、創世紀等詩刊。

冬戀◎陳豪

金秋裹住了大地
潺潺弱水懶洋洋似的
迤邐一條未凍結的河
河上覆蓋著冰寒之息
幽幽等待雪花飄逸的揚起

褐色的牛站在河床邊
莫是等待一場未至的冬戀
瞧！其專注的眼神
看著黃葉蕭索
雪
也快來了吧！

公用電話◎陳又子

投下幾枚思念
想家，卻老是說不出口
我很好，成了不變的謊言
只好暫時切斷遠方的牽掛
讓剩下的鄉愁從退幣口跌落

投下一枚初開的情竇
以為可以一了整夜的輾轉反側
掛斷了吞吞吐吐，才懊惱
我想妳三字，依舊沒有吐出
而旁邊椅子上相依偎的戀人
還在情話綿綿

投下一枚回憶
撥給年少，始終無法接通
走出電話亭，才猛然想起
那早已是空號

——乾坤詩刊77期

陳又子，本名陳玉侑，1963年1月出生於臺灣桃園。臺北醫學大學牙醫系畢業，目前在桃園市龍潭執業。

思想起◎陳子雅

一個人的月色掉在酒瓶
銀光清晰得像是久遠的回憶
殘留的泡沫被搖晃著
那些小腹縮得很用力的節日
烤肉與月餅在爭寵
如果團圓是很近的可能
為什麼距離卻是天人
在偶有烏雲遮蔽的間距裡
陰陽的世界是兩個次元
我始終看不見你卻
妄想見到你，想再問問
過得好嗎？

——乾坤詩刊69期

體香與睡袍◎陳文銓

把妳的體香與睡袍
輕輕卸下，摺疊成
一隻共同的抱枕

雙人床是足夠春耕的
雨水豐足的季節
將會種出一床滿滿合歡

蟬聲歇時，蝶影雙舞
舞出滿夜繽紛滿床燦爛

我以木梳耙下盈握星斗
當妳最美麗的桂冠
妳躺臥成肥沃的小河
今夜淌淌流過我的沙洲

——乾坤詩刊76期

雪花的身世 ◎陳去非

無從打聽妳的身世，賣唱的女孩
在伊豆的山路上和妳相遇
那年冬季雪花繽紛
雪花，聽說是妳的藝名
捧在手心裡，就能感覺
感覺到淒冷和透骨的悲涼
三昧線，伴隨淫穢的酒嗝
嘈嘈切切，從窗口飄出來
被凍成一朵朵雪花紛紛掉落

隔窗傾聽，我其實很想
很想破門而入，趁著妳純潔的靈魂
還輕盈剔透，沒被那夥老男人
銅臭的體溫融化以前
把妳拉出來，帶妳跟著雁群
一起往溫暖的南方飛去
但我一介書生，終究只是路過
跟一陣風聲那樣使不上力

雪花，賣唱的女孩

妳眼眸裡滾動的淚光

比銀河裡最明亮的藍星還蒼茫

雪花紛飛飄散，妳的歌聲

不時在我的心房裡迴盪

即使多年以後想起

手心裡捧著，仍感覺到透骨的

悲涼……

島內颱風夜，2015.8.7

從護主寫到寫詩◎陳良欽

史冊，有班可考護主心切
鴻門宴上拍案而起大喝一聲
「死，且不辭；
　杯酒安足論？」
彼等得脫
歷史重新翻過一頁
附帶一筆：此人屠狗出身

一喝就喝到醉
時常你把寫詩拿來當藉口

寫詩的詩人說詩有生命
美麗的，獨力完成
自然而然像第三人稱；
她和他或它牠保持距離，適當的
觸摸明白而意象清晰
思索靈敏而印象深刻

焚膏繼晷夜清醒

屈已以為奴僕捧詩手掌心

有斧揮斧一斧斧劈、砍

有刀使刀一刀刀刻、劃

有筆握筆一筆筆斟酌

無斧無刀也無筆則以心

血，渲染、暈開；其狀一如斧影、刀痕、筆跡……

有雲朵、花蕊、山崖草木蟲獸、飛鳥……

大海或水流

有窗花、書籤、浮標、三菱鏡

望眾星燦爛於夜空

出深淵而舞蛟龍

嚙破嘴唇聽雨後九月的斑鳩……

大者為篇章；

小的是片段。

藏諸鋼筋水泥鑄造之私房、密窖

有朝他日

如殷商甲骨文；出土

完結於悲烈

盡墨於一生

——乾坤詩刊69期

陳良欽，1942年生，宜蘭縣人。著有詩集《湖緣》、《山花與露珠》、《識字的春
天》，後二者分列蘭陽文學叢書52、75；宜蘭縣文化局出版。最早詩作〈耡田人的
黃昏〉、〈虛榮〉在新生日報副刊（1977.9.19、20）刊載；最近詩作〈絲瓜與番
薯〉、〈新寮瀑布〉等分別在中華日報副刊及文訊雜誌銀光副刊刊載。

詩評01 ◎陳昊星

飛來的黑面琵鷺說
一群意象開始遷徙
我待在濕地，光著腳丫
想比誰的足印大
沒走幾步，
雨來了就散文化！

——乾坤詩刊76期

煥彰老師，請您保重
——敬悼師母◎陳昊星

讀到您白髮飄著海的味道

那是流傳九泉之下的詩

不忍海沙又沖積您的眼睛

淤塞您的聲帶

我知道您仍偽裝成礁岩

收集最風華的浪花

獻給飄上蓮座離岸的

來世詩集

——乾坤詩刊76期

陳昊星，筆名麥聿，未滿四十滿頭白髮，又叫老麥。喜歡讀詩，覺得詩躺在那裏像具屍體，要讀他、呵一口氣給他，讓他還陽。跟林煥彰老師學寫詩後，才發現，只要願意去與天地萬物叩門串門子，詩就回應我了。所以我常拿一根傲骨去敲萬物的門，在他們的戶口名簿上填上直系關係，我生老病死時，就會來看我。

瓶中信◎陳建男

面向大海，將光收納胸懷
在日與夜的夾縫裏
找回放閒的時間

將公里數乘以年歲
無限擴張的青春豪氣
行在筆直大路，抑或
崎嶇山路
走成最嘹亮的曲調

收集的山風海雨
在瓶中搖晃成金粉歲月
淘出熠熠的小鎮邊景
往前看，萬語千言
鬆成幻眩的光影

洋流將帶我們到達溫暖的
北方，有鷗鳥與海豹

飛魚躍出水面

日出時，同打開瓶中的詩篇

讓我為你朗誦這首詩

註：「在日與夜的夾縫裏」為鯨鯨詩集名稱。

——乾坤詩刊74期

那天，北投的夏夜◎陳柏達

清晨，煙霧迷漫
而朝霞的陽光將黑暗驅散
須臾，夜來到，月亮看到天使們正唱著
一首夜之歌

那是星的方向
極靜之巔，極冰之潔
那也是風帶我來到的地方
造物主看到了什麼
一個人
一個女人
和我，在北投，那裡的山好漂亮
馬路空曠曠的，洋房一間一間排著
餐廳裡
妳說著工作的事，某人的小趣聞
說到孩子們的事情，你微微的笑了
幽黃的燈光把你的臉照映的好美

也許很少人關心妳
也許這個世界早已經把那種愛的感覺遺忘
但是還有我
我將陪妳一起走到那個妳最喜歡的地方

家的感覺，讓人不虛此生

——乾坤詩刊76期

陳柏達，1977年12月19日生，臺灣嘉義人。十三歲開始寫作，至今共寫詩2500
首。在部落格發表文章，涉及文學、音樂、哲學、宗教等諸多領域，發表文章超過
一萬篇。一生大量創作，手不釋卷。

流浪臺北 ◎雪泥

當心緒流淌時候
黑嘴端鳳頭燕鷗展翅
有夢想的人依然無法不流浪
流浪有種體態變動
我尖刀上的愛情怎就那般抒發
渲洩的靈感如奔前的閩江水
直到淡水的漁人碼頭

身在紐西蘭
腦子卻忘不掉南島北島
物質引誘信用卡常是笑的
將從何方，將要何處而起
地球母親不要遺忘孩子
星象家與術士的話語令人驚恐
孩子們仍熱愛著生命
只少了傾聽大地的心靈
風雨強烈的吹送
執著有時成為罪惡

勤勞的阿婆仍每日翻種泥土

土龍翻攪過的大地仍帶著餘痛

哲思、實踐擊退了無常

讓我們平靜禱祝

展開的花朵不曾從腦中有過消亡

在星辰滿佈的夜晚

期望有一輪明月

——乾坤詩刊79期

雪　泥，1970年生於馬祖南竿島。台灣師大美術系畢業、銘傳公共事務碩士，現任
教於馬祖列島。曾獲馬祖日報第一屆文學獎新詩獎。目前亦有福州母語歌詞創作。
作品大多發表於乾坤詩刊、明日報「招潮人文社群」部落格、馬祖日報與馬祖資訊
網；曾主編《群島——馬祖六人詩合集》。

似偈非偈◎雪赫

木魚游走了
一錘竟敲破一塊虛無
那雲遊的僧子，不再歸來
愛上塵世的大海，成了一粒沙

不念經的時候，也可舟渡
與其等待風中的一個虛影
不如去後院，採蓮
與蛙對望

2014.11.06

雪　赫，1959年2月26日生，日本國立東京學藝大學教育學碩士，研究宮澤賢治詩歌道德思想。現為《新詩報》總編輯，作品發表於乾坤詩刊、野薑花詩刊、海峽詩人詩刊、中國劇作家協會「全球《華語詩人》大展」等。

老朋友，您好走
——悼念　紀弦老師◎麥穗

曾經搖曳於濟南路上

一棵玉樹臨風的檳榔樹

移植到北美加州

還努力要與臺北101爭個高低

在攀升到同齡層時

卻抱著無力衝破的遺憾

倒下了

是您把新詩的火種帶來臺灣

從臺北燃燒到全台

發展詩運厥功甚偉

也因鋒芒太露飽受攻擊

傷痕纍纍

鍾鼎文　覃子豪　你

詩壇三老雖各領風騷

曾合力將臺灣新詩帶入榮景

新詩周刊　藍星　現代詩

開疆闢土在各個領域中

為臺灣新詩創造輝煌

都有您付出的心力

今天

您以一百零一歲的高齡

遠離塵囂駕鶴西去

等身著作留給後世

功過得失交給歷史

安息吧老朋友

升天的路上好走

2013.2.13 於烏來山居

註：早年紀弦老師稱我們一群後生晚輩為小朋友，我們則稱他為老朋友。

——乾坤詩刊70期

麥　穗，本名楊華康，浙江省余姚縣人。1930年出生於上海。從事林務工作三十餘年，主編《林友》、《勞工世界》月刊及《詩歌藝術》等。早年加入紀弦「現代派」。出版詩集《森林》、《孤峰》等十集，散文集《滿山芬芳》等三集及評論集《詩空的雲煙》。中國詩歌藝術學會創會副理事長。曾獲文藝協會文藝獎章等。

一位活得比生命更長的詩人
——獻給鍾公鼎文◎傅予

您的〈登泰山〉
讓我在泰山下仰慕——
站在泰山頂上的您

您的〈牽手〉
寫盡了天下有情人的山盟海誓——
在一對鶼鰈情深的手牽手中

您的〈留言〉是上帝的聲音——
將愛留給世界，將恨帶進墳墓
祈禱的手宛如大樹伸向天空
含淚的眼睛猶如繁星俯瞰著大地

您的一句不朽的名言——
詩人的詩，要活得比他生命更長一點
已寫在每一個詩人的心中，它
變成了繆斯座上的一個座右銘

2012.10.27

註：〈登泰山〉、〈牽手〉及〈留言〉均是前輩詩人的名作。鍾老已仙逝，但他的
　　作品已做到比他的生命活得更長了！本詩係拜讀《乾坤》六十四期林煥彰〈行
　　吟者，留下帶血的蹤跡──鍾鼎文處女詩集《行吟者》〉一文有感而作。

──乾坤詩刊65期

傅　予，本名傅家琛。任公職屆齡退休。著有詩集：《傅予詩選》、《籬笆外的歌
聲》等詩集，曾參與兩岸詩學論壇國際筆會等活動。

渴◎喜菡

如何攔截你向河流拍發的密碼？
以刀以劍以無情的干擾電波？

你的渴已成形
我的疲憊越來越清晰

緊握一把瘦骨
緊握你求情的跪姿
淺淺一口給你

親愛的，
且讓我們親吻同一株秦那樹
在眾鳥飛去的寧靜山間相惜

遠方，還在你的腳下

——乾坤詩刊61期

喜　菡，喜菡文學網創辦人、《有荷文學雜誌》發行人。文學終身志工，始終堅持
文學善力量。寫感動自己的詩、做感動自己的事。出版詩集：《骨子裡風騷》、
《蓮惜》、《鳥族與鳥族的喀什米爾旅行》、《最女人》。

老井 ◎曾心・泰國

一口古井
跌落一彎殘月

拋下水桶
打上祖祖輩輩的滄桑

沉重地拉──
一條古老文化的根

老柳 ◎曾心・泰國

長大了
越看越清楚
天空比不上土地

越老越把頭低下
──吻自己的根
吻養育的土地

──乾坤詩刊70期

曾　心，生於泰國曼谷，祖籍廣東普寧，1962年考入廈門大學中文系。曾在廣州中醫學院任教。1982年返回出生地，從商從醫從文。現任《小詩磨坊》召集人。出版詩文集《小詩三百首》、《涼亭》、《給泰華文學把脈》等十九部。曾獲全球華人迎奧運徵文一等獎等，多篇選入教程、讀本、大系和中國省市中高考語文試題。

投手魂 ◎曾耀德

指縫間隱藏著行進的軌跡

腦海裡計算，打擊者心裡的算計

暗號在十七公尺距離間，眉來眼去

啟動肢體的彈射器

忽而快如飆車破錶

忽而急踩煞車，磨擦地表

在方寸之間閃閃躲躲

在膝蓋與腰部的三度空間，進行

速度與速度的碰撞對決

小土丘上吹著肅殺的氣流

血液搭載著白球，猛力甩動

燃燒，從心臟衝到指尖

達成任務時，眾人封我為救世主

被攻城掠地時，眾人戲稱我是縱火狂

——乾坤詩刊79期

曾耀德，出生於1971年9月26日，桃園新屋客家人。省立中壢高中，東海大學法律系畢，中原大學財經法律研究所法學碩士。現任職科技公司法務員，常在國內客家山歌歌詞創作比賽取得佳績，學寫現代詩約一年時間。

星光◎游心飄

別說水墨如何晚宋如何清末
仰視的眼眸
何不張望如夏天的田
如景泰藍的碗
盛滿這流螢點點

迎接，垂注的懸念
天空傾斜後夜光盤旋

纏綿的40度

——乾坤詩刊71期

黃以諾，1971年11月18日生。年輕時追求宗教哲學，年屆35，才在教學需要的逼迫下向現代詩低頭，竟由理解而喜愛，由喜愛而創作。創作之餘，生命中感性的部分也隨而開發，則是始料未及的紅利。三年前在神的呼召下，受洗成為基督徒。

早晨讀詩◎游書珣

窗邊的花含苞，香氣輕輕地飄
夢魘未退的眼在凌晨張開
一首詩降落在你長長的睫毛上
你微微笑著，啟唇朗讀
語言像霧，聚攏又散
你歌唱，以一種未曾聽聞的聲線
把賴床的花喚醒，把初起的晨光點亮
這次，又是誰從窗邊經過？
一隻大象、一頭犀牛
一群迷你尺寸的羊兒在你腳邊吃草
滿天的雪在墜落途中都變成了雲

但你如何用你僅有的視力
辨認夢中的種種凹陷比如腳印？
如何檢索、提取尚未定義的語言
用粉色的腳趾在空氣裡寫詩？
把眼前那張時間的膜給踢薄，薄薄地
就這樣把整個過於成熟的世界
給阻擋在外面

蜘蛛在角落結了一整晚的網

他徒勞地牽絲、收攏、吊掛

咒語喃喃，重複幾何的細節

卻只收割到幾滴，散落於

嬰兒床邊的晶瑩淚珠

你轉動琥珀色的眼睛，回望向我

陽光便穿透窗玻璃，湧進粼粼的詩句

而我甘心墜入，我墜入然後

與你一起複誦，那些意象繁複的

詩的尾音，如早餐的起司般

飽滿、延長──

──乾坤詩刊66期

游書珣，臺灣藝術大學應用媒體藝術碩士，現為自由藝術工作者，從事新詩、插畫與實驗影像創作。曾獲林榮三文學獎新詩首獎、聯合報文學獎新詩首獎、臺北詩歌節影像詩獎首獎。

充滿折射的廣 ◎游善鈞

在一個充滿折射的

地方醒來，光線

聲音以及，鳥般的

身影消散並且留下

一句這裡：是廣場

然後空無一人

發出的聲音變成蝴蝶

變成薄翅變成

一點點光

一點點霧氣

相信有誰在，最外圍的

牆垣築起，一層層

朝這邊攀近宛如

纏滿水份的蒺藜

從湖底，扔棄的壺中

一路勾破氣泡

微細的氧氣，一些些珍貴的

透光即溶的碎片

發出聲音

蒺藜安靜，在廣場最外圍

變成瓦磚

變成牆垣

不讓所有不願相信的人

看見一對夾在

石縫裡的翅膀，

往廣場而來

看見彼此身上的光

迎面打了過來

——乾坤詩刊69期

鄉愁交管哨◎湘羽

相思樹後方
班鳩聲已為黃昏定調
一方交管哨
接管海陸之交

目視行經船隻
更甚來往車輛
接過當日交班準則
曠寂星空下
孤立持槍
守夜人以幾何推算天河
風飄蕩於哨旁

瓊麻、玻璃刺片交織的海岸
寒暑隨風換防
暮靄幻作迷彩
無法測準的前方

軍號自營區傳出

愁緒於水上嗚咽長揚

——乾坤詩刊73期

湘　羽，1970年12月出生於馬祖，長期投入地方文史研究。2010年參與合著《群島》詩集、《交響2010——吳金城畫馬祖·詩友對話》詩畫集，2015年起於《乾坤》詩刊陸續發表詩作。

冬鳥 ◎然靈

他的靈魂
將我的底色漂染
芒刺在背
鏤空的鳥振翅
留下天空的模型

他的淚流下來
填滿我
又有一批鳥剛結冰
正要往冬飛

2013.10.27

——乾坤詩刊69期

浸泡的秋 ◎華英‧新加坡

不一定都是苦淚
沉溺在夏季的熱情
捏不乾的汗
走遠了還會沿途留下
片片落英
完美的告別式

但別問
為何墜葉也能如此溫柔
那是欲飛的蒲公英所無法瞭解的是非題
急促的沉重永遠是主觀概念
往下的速度
可以徐徐幽幽
如沉澱的巨藍鯨

也許會如某隻烏鴉所憎想的那樣
又或者因為西風的謠言
確定被扯掉的

是時間逆流的哀傷

所以注定會被自己摔得粉身碎骨

手掌知道

其實只是枯黃的鎧甲

剛好都詩了

散開就容易步入掌紋裏的深秋

——乾坤詩刊76期

我的妻子這麼愛我 ◎黃里

我的妻子這麼愛我
半夜我將隱隱靈動的濕意
夢遊囈語地滴到了褲襠
她一邊漂洗一邊微笑地說：至少有稿費
我怕萬一尿不出來呢？

我的妻子這麼愛我
常常我多吃了兩顆巧克力（構思是很耗能的）
她將血糖器刺針刻度調到最深
——OUCH！我想到了！
她說擠出來的血還不夠

我的妻子這麼愛我
終於我將成群的螞蟻寫在馬桶裡
（其中還有一兩隻我自戀的淚）
她看見就拿殺蟲劑將牠們全部噴死
然後轉身回被窩裡說：沒事了，乖乖地睡

——乾坤詩刊66期

黃　里，本名黃正中，1961年12月生，臺北市萬華人。東海大學生物學研究所畢業，目前任教於臺東縣海端國民中學。詩作曾入選2014、2015WHA《世界俳句》；得2011第六屆文創獎新詩首獎。2014年底出版個人首部詩集《忐忑列車》。

手風琴博物館◎黃梵

每架手風琴裡的憂傷，都找過他

每個琴鍵上的快樂，都迷過他

五百架手風琴都是他不死的孩子

已成為春天的一部分

如果要看落日，他就是最懂得寬恕的落日

如果要看日出，他就是最懂得催生的日出

註：詩中的「他」指伊寧一個俄羅斯老人，他用一生的積蓄收藏了五百多架手風琴。

——乾坤詩刊67期

黃　梵，1963年生。詩人、小說家。已出版《南京哀歌》等多部。長篇小說《第十一誠》在新浪讀書原創連載點擊率超過三百萬，網路推重為文革後最值得青年關注的兩部小說之一。獲作家金短篇小說獎、北京文學獎詩歌獎、後天雙年度文化藝術獎、美國露斯基金會詩歌獎金等，作品被譯成英德意希韓法日及波斯語等外文。

隔牆有耳
——蔣黃事件有感◎黃羊川

1.

這島的牆上有耳。

每天的耳屎

掏掏

掉出純

真的謊言

模仿

ICRT*

2.

人人都有在場證明

證明在場的人

有□□人

說了一個天大的謊言

人人爭著說

出事情的

真相

但牆上的那幅畫

少了隻耳朵

沒有人

看見

歪國人跟我們住一起

*兩義：1、I Create Real Truths.2、英文廣播電台。

3.

少了隻耳朵的

太彎人

還是擁有本綠色的護照

只是講粗語的歷史

比謊言

更多真實

卻又比真實

更缺少隻

真正的耳朵

躲真正的耳朵

聲音才可以掉進

牆上的洞。

黏黏，

牆面的縫。

變心後的床頭燈◎黃宜湊

行事曆上的一顆朱砂痣
所有情節都被完整收編於一個足印：♥
長途旅行仍只是暫宿旅館
偶爾開一盞床頭燈
讀一首結尾幽默而悲傷的詩：。

終究是本世紀最鹹的海
背過身的粼光有沙丁魚群頻頻旋過
焦慮於夢境外無法完成的任務：〒
將踏過的沙聚集在一個個玻璃瓶
投入瞳孔的汪洋
佯裝命定者
已順著海流重新回到
無法再容許提起第二個名字
遭退位的語言裡

國度無主統領
人民四散流亡
眉心還是照著共同的月光
水準之上的笑容漸漸隨著

低靡的觀光漲價成
一座高聳冰山
難以撞碎的思鄉

拆下躺過的床板
刻一塊紀念碑:「這裡安息一名
風化速度太快的王」
總是不停在靠近與離開
沿著兩端碰頭的獨木橋
分歧成光年單位的星星
在記憶的夜間反光

推開長眠的念頭
到櫃檯退房之前收起窗前的月
重新繪製一張地圖
虛線是擁抱
實線是漂流
方位依然朝北
在中心位置
為曾熱門搜尋
沒有岸的景點
標記一個永恆的符號:★

那些陌生人的 ◎黃鈺婷

把拉鍊拉開，像拉動
一條離水的魚鰓
城市的內裡翻了出來
路邊的小販叫賣，燈火明暗
長長的街市裡沒有一個活人
你說世界，多的是
無路可退的場所
躺下來，也不能
平整地離開

這個街角有人親吻、扮成鴿子
迫不及待地背向日落
下個街角就有人睡著
因為不合時宜的寒冷，或者
不夠愛

我們在城市的皺褶裡
賣弄，彼此攏絡

允許自己在成為謊言之前
先說一萬次謊，而後

列車晃動，白日裡
屠宰車也可以順利經過
那些被時間捏著的
易碎的螞蟻

陌生人用陌生人的手腳
去築眾神的宮殿
我們相擁而眠
在魚小小的、不再跳動的
心臟裡面
騙自己被愛著
叫對方親愛的

——乾坤詩刊77期

四月的思念
——給天國的你◎黃碧清

第三十五個紀念日
習慣的到海邊看看夕陽
這裡，有約定有悸動和思念
微熱的空氣，是你留下的餘溫
你等我，還是我等你？

海水依樣湛藍
紅夕陽一樣夕陽紅，只是
秋霜下的臉龐掛著滄桑
飛翔的海鷗，也是寂寞
是誰，讓船不忍低鳴

不語的天空不雨，岸邊多了
石子兒
莫非，是天荒地老
還是寫給我這一年的思念？
天未荒地未老，思念未了

夕陽停在髮梢，一陣風散了髮

碎了，彼此的思念

捲捲的浪花，帶著我的多情

旅人，歸去兮

——乾坤詩刊74期

黃碧清，1956年12月21日生於苗栗縣。目前擔任國小課輔員，假日於圖書館當故事志工及苗栗客家文化園區環境教育志工，也是客委會客語薪傳師。喜歡用文字留住感動：客華語詩集《背景》獲苗栗縣政府2015年文學集出版。

和平鐘◎黃德明

和平鐘，和平鐘
第一次世界大戰為你
第二次世界大戰為你
第三次世界大戰，也將為你
你是一個孤兒
你是黝黑的孩子
在鐘聲落地中掩耳盜竊
在城牆倒塌中，你雙手抱膝
和平鐘，和平鐘
父親和祖父在鐘聲中埋葬
父親和祖父是大鐘聲裡
敲鐘的兩條河水
河中的大石敲著大鐘
大鐘是灌滿一口大水的土井
大鐘是啞人敲打的大鐘
大鐘是一口，圓圓的穀倉
秋天和麻雀在這裡冬眠
騾子和屋頂在這裡冬眠

和平鐘，和平鐘

和平鐘裡我們是

一個黑種人，一個白種人

和一個黃皮膚人

——乾坤詩刊67期

森林也未婚◎黑芽

一個女孩

養了五隻流浪狗

每隻狗兒有自己的小窩小名

女孩喜歡五

帶著五隻狗狗一起散步

每隻狗兒有如禪修者般靜靜的走　數息

不狂叫

女孩的教養很森林話

女孩　笑笑　很童話

狗兒　有禮　很神話

一個女孩和狗兒

都未婚

——乾坤詩刊61期

黑　芽，本名梁幼菁，1965年生，祖籍廣東省梅縣。2015年在黎畫廊舉辦「森林也未婚」詩畫展。2011年入選《爾雅》出版現代女詩人選集。2012年入選《文訊》出版《六〇年代兩岸詩選》。

吻 ◎項美靜

鞋之吻

當高跟鞋吻上腳踝

男人在她面前頓矮三分

昂首五分埔的巷道，如

挺胸在紅地毯

女人的驕傲，重心不穩

蚊之吻

你的口

勿老在我耳邊唸唸有詞

不如，乾脆

在我胸口拚你老命吮吸

用你的唇印

烙上紅字

註：「紅字」霍桑同名小說。

項美靜，浙江湖州人，出生杭州。2001年迄今為止長期居留臺北。作品散見《創世紀》、《有荷》、《乾坤》、《野薑花》、《西泠詩刊》、《中國微型詩》、《國際城市文學》等刊物。詩集《與文字談一場戀愛》、《美靜微詩一百單八首》。

心之鯽 ◎須文蔚

在妳注滿天光的左心房有一方荷田
無瑕的花朵卷舒開合出
菩薩的慈眉與早課時的引磬聲
喚醒藻荇中的鯽魚甩開淤泥
嬉戲在睡夢收假的翌日
悠游在電視機壞掉的清晨
沉靜在國會休會的溽暑
淡定在收到分手信的一年後

在妳熄滅燈火的右心室有一間密牢
除了寂寞有鑰匙，沒有人投宿過
頑皮的鯽魚是悄然破門的突擊隊
用先進的譯碼機破解出慾望的歷史
放肆在成功欺騙母親的第一個謊言中
掙扎在拿出小抄的數學期末考試場
寂寞在已經不愛的情人懷抱裡
恐懼在六法全書充滿錯字的法庭

妳的心豢養的鯽魚是忠實的

不懂得刑求，不會去告密

也不會輕易折磨敏感的神經

在清晨總會輕巧地回到左心房

含著淚眼輕聲誦讀供養偈

———乾坤詩刊68期

須文蔚，台北市人，政治大學新聞學系博士。現任東華大學華文文學系教授兼系主任，教育部「普及偏鄉數位應用計畫」推動辦公室主任。曾任《乾坤詩刊》總編輯、《創世紀》詩雜誌主編，創辦網站「詩路」，曾獲中國文藝協會優秀青年詩人獎及文藝評論獎、創世紀詩刊詩獎、五四獎（青年文學獎）等。著有詩集《旅次》、《魔術方塊》，論述《臺灣數位文學論》、《臺灣文學傳播論》；編撰有報導文學《那一刻，我們改變了世界》、《臺灣的臉孔》等。

後山變奏
——致陳黎〈慢城〉◎愛子

陽光垂釣得很慢。樹葉掉得很慢。

黑夜抹得很慢。星光燃燒得很慢。

海洋的扉頁掀得很慢。

藍天的雲絲揉得很慢。

鋼琴聲飄得很慢。夏天流得很慢。

山奔跑的速度很慢。風吹得很慢。

山中的月光凝得很慢，城裡的資本主義擴張得很快。

花溶的角度很慢，星巴克裡的說話聲音卻很快。

詩歌節的速度很慢，誠品書店的卡片刷得很快。

鄉下的原住民學得很慢，城市裡漢人的補習班開得很快。

上班時打領帶的速度很慢，蘇花高卻開拓得很快。

圖書館的書上架得很慢，年輕子弟外流得很快。

抽菸喝酒未成年開車學得很快，上課的時間過得很慢。

青春的節奏過得很快。鄉愁，很慢。

——乾坤詩刊74期

去年忘了收的羽絨外套 ◎愛羅

原諒我曾經遺忘
將你擱置在
相近一萬公里赤道的距離
靜靜地
等待春分之後
冬至的來臨

你我沒有輝煌的航海傳奇
更不曾越翼撒哈拉沙漠極地
只有合歡山那日的晨露
於我的長髮，你的雪白羽領
寫下一頁日記

我驚見那一刻，失落
吊掛在冰冷的S形掛勾上
彷彿聽見獵戶座的哭聲
從耳膜貫穿大腦

我的血液醒了

再也不讓你自袖底失溫

我的愛，不再劃分節氣

不再將你遺忘

於赤道兩地

——乾坤詩刊65期

愛　羅，出生臺東市。曾舉辦「原色——影像和詩的對話」手機攝影個展，發行「2014年影像與詩愛心桌曆」。詩作曾入選《1960世代詩選集》。曾獲兩岸漂母杯文學獎現代詩獎、吳濁流文藝獎現代詩獎。著有《孵夢森林》手機攝影詩集。

女壞人之歌◎楊小濱

女壞人躺在靴子裡潛入河底用髮絲勒住水
女壞人飛雨如箭，學習天空的淫蕩

女壞人呢喃鏡中灰，沿梳子揮過來傲慢
女壞人一轉身就燒得通紅，為一縷煙胡旋出妖精

女壞人又轟隆隆奔來，唱短歌，喝爛酒
女壞人醉倒在自己的墨跡裡撲打月亮

女壞人撕碎雞毛信，以為可以飄落無限
女壞人伸懶腰，長成藤蔓又墜成滿臉花朵

女壞人騎雙眼皮而來，俏得減去猙獰還剩狡猾
女壞人用眼淚彈琴，把泛音送給流氓兔

女壞人一含情就燙破嘴唇，面如水色，吐一身夢話
女壞人剪完冬天就這樣睡過去，彷彿不認識春天

——乾坤詩刊72期

藏書者◎楊采菲

翻書時
被一行字割傷
發現你用愛
刻了陌生的名字

一樹在林
沒有不同，唯有知曉
千樹之中何處是你
悄然走近
卻又無處藏匿
我是
枝頭忍不住的風

——乾坤詩刊68期

楊采菲，本名楊愛雯，1981年6月16日生，臺東長濱人。畢業於逢甲大學中文系、Stratford University企管所，著有詩集《月夕花朝》和散文集《那些年我們一起虧的老師》。現居淡水，為英文老師。

短詩二首 ◎楊傑美

銅像之死

已經死過一次的你

在鞭屍的風聲中

如今

再死一次

相對論

父母是分子

遺產越多越好

子女是分母

越少越好

2016.7.25

——乾坤詩刊80期

楊傑美，1948年生於臺南縣永康鄉，現定居苗栗市。1970年在湖口服役時開始寫詩，曾為《主流》與《笠》同仁，作品多見於《笠》、《創世紀》、《龍族》等詩刊，1986年出版詩集《一隻菜蟲如是說》，隨即在詩壇消失二十年。2006年父親去世，決定復出詩壇。

航空郵件 ◎楊瑞泰

我寫了一封文辭並茂的安慰信
寄給關在海上監獄的釣魚台
希望他不要緊張，並且
低調行事
早晚，我一定會把他弄出來
並且申請一張新版宜蘭縣地圖
當作正名的禮物

然而，數日之後的回覆：
原信退回
信封上大剌剌幾行毒牙的字
輕描淡寫的
郵資不足，請補齊後改投遞
國際航空郵件
另收件人煩請署名
尖閣‧群島
美利堅帝國

——乾坤詩刊78期

楊瑞泰，喜歡寫詩、寫散文、寫愛情小說，也愛寫故事給孩子們看。基本上是一位
極度浪漫的傢伙，無聊時偶爾彈著一把破吉他自娛。著有小說《揮棒吧！男孩》、
《瘋狂夏令營》、《無厘頭特攻隊》、《豬頭手掌與鐵血老師》、《心願支票》等。

霧鎮◎葉來

在東禪寺
小尼的神色是悲傷的
像流水一樣
在山腰下
靜靜地流淌
不及松果落地
發出的聲響
夜蟲吃著筍葉
鎮上的燈光
一點點
滅去
老尼過來拍著小尼的手
囑咐她
磨破的鞋子
睡前縫補一下

——乾坤詩刊62期

一把尺，衡量親情◎葉雨南

父親站得很直
像一把尺
我站得歪斜
像一滴淚
門外的風，企圖把我們的血緣
瀕臨在大海
餵食給波瀾

我們不曾說話
緘默是一種圖形
舌頭擺放在齒縫中間
剛好是我們最遠的距離
如此讓辛酸駕馭

我們住在一起，陌生是我們的器具
早餐，報紙擋住你的微笑
午餐，我的外出是一場大雨
晚餐，我們見面卻像離別

有一天，我翻找文具

找到一把尺

稍微量一下桌面

你的照片擺在中間

被我的眼淚，慢慢測量

慢慢延伸成安慰

——乾坤詩刊70期

葉雨南，本名葉彥儂，1995年生，以風雨為軸心暢遊。曾獲2014打狗鳳吧文學獎新詩組評審獎、第五屆桐花文學獎新詩組佳作、第三屆瀚邦文學獎大眾組新詩第三名。2015年10月出版詩集《雨傘懷孕》，2016年7月出版詩集《我沒有名字只有末日》。

鱷魚錢包

──致我的青春與愛過的一個姑娘◎董迎春·廣西

我無法在愛與你之間找到關聯

像一段夙願

注定你從記憶消失

多年來，月光殺死暴雨

熟悉的街道再也未聽出你的聲音

儘管我們生活在同一個城市

我衝向馬路上喊向你的背影

直至卡車輾過我的吶喊

消失的還有空氣、某種冷漠

陽光下烤乾的情緒像一張白紙

標著我們走過的每一時刻

那些行囊、車票，還有高跟鞋裝飾夜晚的

回聲，今天無意翻開你的照片

多年來全部祕密藏在你贈予我的鱷魚錢包

我四處翻著，翻著

死去的靈柩改成遺忘

如果生命閃過縮影

我願與你獨坐，抬頭讀夜

洞悉高空中即將降臨的一切，哪怕是病毒

我再無過去，死掉的就讓它死掉吧

今夜，空氣悲沉

我願意會迎一切質詢，甚至虛無

我說過，我愛過你

也許這是我一生最重要的作品

包括良心，還有懺悔

——乾坤詩刊74期

董迎春，1977年2月生，江蘇揚州人，文學博士，復旦大學博士後，碩士生導師、教授，現任教于廣西民族大學。作品發表于《上海文學》、《西湖》、《青春》、《詩歌月刊》、《星星詩刊》、《揚子江詩刊》等刊物。著有《水書》、《漫遊者之歌》、《象徵與超驗》（詩集）。翻譯詩集《巴斯卡・葩蒂詩選》。

三雙鞋子◎詹澈

從河面浮出來時，手指還握著游標
來到這個城市，一個電腦影幕的終端
還記得河面上飄浮過的三雙鞋子
像三個問號？？？或驚嘆號！！！
我抓不住那個浮力，沉下去尋找──

向一個夢的底層前進，這城市連結的地鐵捷運
一個箱子連結一個箱子，一句話沒說完就過一站
安靜，每一個人都可隨時入睡，我也安適坐著
聽不見從家鄉出發時，火車搖晃的
工農工農的聲音……

像在冷氣房裡天真忘我，舒適鼾睡的嬰兒
我早已坐過站了還不自知
在緊急的逼逼聲與煞車中晃醒
眼前有三個人影
草鞋──布鞋──高跟鞋──我從下往上看

一個出家的比丘尼，清秀潔淨

一個顯然是剛從農村來到這城市的少女

美麗大眼乳胸肥臀，像村裡昆伯的女兒

一個顯然在這城市混久的女人

美豔長髮平胸細腰，像我房東的妹妹

像三條溪從三座山的裡面流出來

她們的身材與姿勢，體香與氣息

把我捲進流蕩的漩渦，一直往下

彷彿要從地獄經過三個關卡

我們聽見天堂有百萬億的腳步聲經過

地獄有千萬億哀號的聲音游蕩

周圍有相等數目的鏡子和風景──

她們一個接一個到站下車了

我的身語意，三魂七魄五行八卦

差點被她們帶走了，讓她們一併帶走吧貪嗔痴

——乾坤詩刊61期

漫步在雲端◎寧靜海

給我一點時間培養星星
那麼你會看到雪人，騎著麋鹿
沿街叫賣缺了伴的襪子

有人在夜裡喊冷，有人
在雲端上寄放祕密
為了將你透明
我跟天使預約一場雪
加密整個冬季

朝風的來處，我們進入
複製中央公園的陰影
將記憶體格式化出整齊的市容
一隻滑鼠在淺薄的螢幕上
輕易咬下通關的唇語
鐘聲十二響同時預告了天氣

——乾坤詩刊74期

寧靜海，擁有巨蟹座天性般的溫柔。喜歡紙張氣味、喜歡隨手塗鴉、喜歡走讀老街、喜歡面朝大海、喜歡品味咖啡、喜歡體悟人生。晃遊網路，誤闖詩路。因為愛上詩，希望被媚惑、被需要、被關愛，甘願成為詩的俘虜。

那個青年很絕望◎廖亮羽

那年有一場戰爭正在進行

影響了老屋每一天的生活

有時候他好像不是失去一條腿

而像失去了心

隔壁的大哥也總算從澳洲回來

躺在棺材裡

他的父親捶下了最後一根鉚釘

2015年的夏天

那一年棉花長得很高

快樂與痛苦最陰鬱的振動

那隻蜂鳥掉落在玻璃碎片中

當你在想著某個人

整個世界的心也空了

丟掉學士帽那天

就像失去國家一樣

即使遠離那片天空

還是會想念田園上的雲

雲下荒荒的田地

汗水流進灌溉溝渠

頹然地我們的未來開始旱災

在這裏已經種不出東西

——乾坤詩刊76期

廖亮羽，花蓮人，華梵大學哲學研究所，風球詩社社長，風球出版社發行人。出版詩集：《Dear L，我定然無法再是一隻被迫離開又因你而折返的魚》、《羽林》、《魔法詩精靈族》。2011優秀青年詩人獎、2013花蓮優秀青年獎、2013真理大學傑出校友。

高瑜◎荧惑

她在她自己的肉身裡滑翔
如晚霧中一隻鵝，只有一隻
湖水是她起皺的肌膚

她揹著自己的血肉上路
像一個幽靈懷著永生的死胎
為曲折的法院路、秦城路到黃河水折筆
無人抓得住，她一扔下斷筆就成灰
那把灰猶比我們的眼珠更重

當機密被公開閱讀的時候
她已走上更陰暗的甬道
一隻曲頸向天歌的鵝
向丹田的大闇低飛而進；
人間那幾片囚牢
莫說截不住她的青春
連她的垂老，都無法勸動半分

註：高瑜是中國大陸女記者，六四事件時寫的「嚴溫對話」使《經濟學周報》被停
　　刊，且被關進秦城。後來兩次被中共以「泄露國家機密」為藉口審判和繫獄。
　　本年四月十七日宣判之時，她已是71歲之齡。

熒　惑，本名阮文略，1986年生，香港中文大學生物化學博士，現任中學教師。

朗讀◎劉湋家

他們涼透了。他們立在橋上。
他們帶的棗子發酸了，手指一按就陷下去
七個人，他們知道

市郊公園裡有幾棵李子樹
有一排冷杉，更多的是矮松和梧桐
他們在公園邊緣的草坪上坐著

有一些詩人死了
他們被槍斃
他們默默朗讀他們的詩作

「苦悶之中我看見一顆跳閃的心
　血肉模糊的，金光閃閃的心
　我只能喊出一個名字，他們會走遠」

戴黑色制帽圍圍巾的男人不會回來
戴圓框眼鏡害鼻炎的男人不會回來
戴手套高個子穿皮衣的男人不會回來

他們在寬大溫暖的房間裡坐了四個小時
他們周圍的人來來去去，他們困倦，他們穿皮鞋
他們不會走，不會跳起來

他們每個禮拜聚一次，在每個禮拜天
在郊外公園的長凳上，他們互相等待
七個人，他們知道

「湖的東面是城市，巨大的工廠
　他們衣衫襤褸，他們寒冷，易怒，嗥叫
　時間快一點過去，這樣就可以逃離」

在大學裡，他們旁聽穿西服的先生
他們總是落在後面，大汗淋漓
夜晚他們寫作，印傳單，談論下一期的雜誌

公園裡的非洲菊有兩叢
清冷的早上，它們搖曳輕飄飄的身體
張開饑餓的嘴巴

他們越來越憔悴。他們在市郊公路的泥濘之中
豎起一座墓碑。「我渴望疲勞致死，在一個充滿希望的
春天的早上，我收起《子夜》和《鐵流》」

他們沒有吃完棗子，棗子滾落一地，堆積在橋底
他們放慢腳步，張開手臂。他們的手腕感到寒冷
七個人，他們知道。

2012.11.4

──乾坤詩刊74期

無言歌◎歐團圓

聽到你漸近的跫音我不敢聲張
似夜嘆息如霧迷茫
我點燃一片秋葉低吟淺唱
歌聲如火光
沉鬱且悠揚

世界的盡頭沒有一點光亮
無止盡的吶喊到哪裡流亡

快把名字隱藏
連呼吸都會受傷
浮雲似雪落日如霜
回首美好過往
已星散四方

站在熟悉的渡口我們深深對望
我取出相聚的鑰匙攤開手掌
看見你眼中滾動著紫色淚光

——乾坤詩刊74期

歐團圓，台灣澎湖人，1956年8月5日生，長年生活在海環四周、多風多沙的澎湖島上。高中畢業後才來台灣本島，就讀高雄師範學院國文系，曾與楊子潤等人創立「風燈詩社」，擔任《風燈詩刊》主編，以古典抒情為詩刊主要風格。 目前任職中學，偶而也撰寫電視劇本。

如果 ◎潘秉旻

如果。如果你曾醒轉於多霧的清晨，如果你曾
聆聽浪花湧向暗礁的鼾聲，如果你
曾溫柔目送一顆夢的卵石
孤寂劃向夜與日的邊界，如果

這時第一列滿載甘蔗的火車
正駛過群山惺忪眼底，微帶鹹味的呵欠
在蜿蜒的山腳噗噗織起一道
金黃耀眼的甜膩
此時你將任風拂亂耳際烏黑的長髮
鼓盪波濤暗沉的深情，如飄散舟楫
一幟獵獵響徹天際的帆旗，如果

如果我驚醒於蟬聲鳴放的亭午，如果我
面向一片波光粼粼的躁動，如果
我正驚悸無數調皮鷗鳥，光的精靈
躍動於太平洋靛藍慈藹的面龐，如果

這時第一班乘載夢想的飛機

正穿越群山崢嶸的頂際，散發夏日青翠汗意

在萬里晴空鋪上一襲

潔淨綿軟的綢緞

此時我已錯過你回望這片山海的雙眸

凝結晶瑩的淚滴，如滑落地平線

一顆逝去溫暖花火的流星，如果

如果我曾等待

等待於夕照紅豔的岸邊，如果群燕曾

銜回昨夜遺落的星子，如果我曾

聆聽水手掛帆歸來的呼喚，如果潮浪

不曾攜回你碎沫的音訊

我仍會在窗前，點燃一盞

幽恍明滅的燈火。

熠熠為你守護

於燈塔恆久引領的盡頭

一輪無瑕的愛情

——乾坤詩刊71期

潘秉昀，1991年9月出生，成長於多風的中部海線。臺中一中，臺灣師範大學國文系畢業，現就讀母校國文研究所。曾獲中興湖文學獎散文三獎，入選《2014臺灣詩選》。作品散見《幼獅文藝》、《人間福報》副刊等。

高飛◎蔡雨杉

你逡巡天際來去擎空
遠颺近飆風馳群雄
生命裡的起落，你看過許多
你喙整羽毛愛惜不已
你眼銳流星有識無息
是你，應能理解寬容
未豐的片羽和初試的雛音

投向你的告白與低語片片
漸漸凝凍成記憶裡的岩層
一層層疊疊凝重
踩著舊事故封
將堅硬的誤解與飄忽的失落
蛻成馭風能飛的雙翼

你的風霜刻的不是我的路
要複製你的我太糊塗

感謝離巢時刻的墜落
驚醒未開眼的我終於展翅一搏

得以眺望你心血的軌跡
愛的無耐，生的侷限
讓我因鳥瞰你拼搏的地圖
而有勇氣挑高海拔
在二元背反的世界中

——乾坤詩刊74期

嘉南平原◎蔡建發

晨曦，陽光溫暖地喚醒
這片土地上的生命
流水淙淙，堂前鴨群下水覓食嬉戲
鳥群也在天空展翅飛翔，還吱唱著歌
枝椏上的花苞綻開笑容
迎接美好的一天

風，徐徐吹拂
從南方旅行回來
帶回暖暖的空氣，也帶來潮溼的水氣
親切問候山丘和平原
田畦裡的稻禾快樂地招手　歡呼

雨來了，嘩啦嘩啦跑來
灌溉它們的愛
流水在阡陌間互串門子
談論今年豐收的故事

我們在這片綠油油的平原

看到大自然的恩典

幸福的顏色，在田野閃閃發亮

四季散落的美麗

漸漸遺忘了吧！

曾經，自戈壁沙地的漠北歸來

驚喜翠綠這個顏色　像水墨

盎然在北迴歸線渲染阡陌大地

你不自覺的家鄉

啊！那麼美麗

株株青翠種在心田裡

———乾坤詩刊76期

蔡建發，1952年2月生於嘉義市。嘉義高工化驗科畢業，在校期間創辦《指示劑》科刊，同時參予救國團《嘉義青年》期刊美術編輯。80年代參加「布穀鳥兒童詩學社」，喜愛豐富生命力的詩和散文。

有一道光◎蔡素芬

光像一陣風
瞬間走入森林
以觸角搖醒每株嗜睡的薊草
驚醒站立草脈上的
嗜夢蜻蜓

蜻蜓振翅飛起
乘過光的波浪
停駐在
一名森林探測員的鼻尖
輕盈的腳盤
牢牢抓住顫動的汗毛
探測員打了一個噴嚏
森林的鳥蟲以為一陣雷鳴
牠們醒來
迎面撞來光與聲音
體內響起蠕動的樂章

探測員踩過碎葉

樹梢間篩落的光線紛亂如針

刺得碎葉更碎

探測員加重步伐

林間光與葉的迴響

如戰車的車輪躒在塗碳的戰場

——乾坤詩刊68期

聞你◎蔡淇華

2014年8月1日，高雄石化氣爆災變，消防局主祕林基澤據研判已燒成灰燼！也擔任消防員的女兒每天掘土尋父，有時會拿起泥土嗅聞，確認有無父親味道……

今年情人節的煙火放得太早
馬路一玩起火的接龍……
就把時間關掉，你的弟兄手牽手
紛紛跌落輸送經濟的斷崖
每個名字都被烙進地底
雲和浪都嚇哭了

他們指著昨夜飛翔過的泥土：
「你爸爸來過。」
所以我戴起棉質的手套
（和你望著我初生時的眼神，一樣柔軟）
慢慢挖掘，撿拾，注視
每一顆泥土，都像你背光的側臉一樣
有稜有角，有回家的承諾

每次午夜鈴響

你會用多汗的鼻頭，聞我的髮梢

我假裝睡著，等你回來，嗅嗅英雄的味道

所以我輕輕捧起每一顆泥

放在鼻前，問這一條叫作凱旋的路

是不是聞完整個港都

就可以拼湊出一個完整的你？

爸，你不擅長玩捉迷藏的遊戲

沙發上的凹痕說你剛來過

你叫我如何相信你的在，與不在

所以我想邀全世界伸出手

高高把你捧起

聞你

——乾坤詩刊72期

我在寫詩◎蔡富澧

美國職棒大聯盟的本壘板前
剛剛退休的洋基隊基特穿著白色
滾金邊的球衣球鞋，拎著
一根閃著金光的球棒
上場，我準備揮棒
第一球就朝我身上砸了過來
觸身球！我朝一壘慢跑過去
前面有人跑過踩壘接受歡呼
那赫然是本壘板，球已快到
我飛身撲壘，安全得分
醒來，我雙手在窗沿奮力一撐
跳進房內，告訴你們
我作夢夢到我在美國職棒大聯盟
打球，還得分耶
睜開眼睛才發現那是個夢中夢
更慘的是鬧鐘沒響，一夢
再夢，差點害兒子上學遲到
我在作夢我以為我在寫詩

我把摩托車停在學校圍牆邊看兒子
衝進側門，圍牆內二個學生
在跑道上衝刺，許多同學在跑道外
嘶吼加油，自己的
跑道有時候別人會插進來
生涯規劃總在轉彎時被說服或
自我放棄，選擇也是
就像吃到黑心油還能退錢
算幸運了！天底下
沒那那麼多好事
不用錢的最貴，打折的花更多
你以為寫詩賺不了錢
一本絕版簽名書可以賣到
壹萬多塊，只是進不了詩人口袋
我在抱怨我以為我在寫詩

回到家後趕緊佛前供水，水有八德
供養十方灌諸惡業六道清涼
供燈，燃此佛前燈滅除心頭火
願以大智慧照破眾無明，到陽台
煙供，一心懇請東南火神君加持

福物，一心懇請此地地神母
借地做功德，我多希望
天天受我供養的眾生
能夠讓這條巷子順利暢通
巷子口大樓人家不要再鑽法律漏洞
想方設法要封路，甚至禁止
停車，造橋鋪路
自古以來就是積陰德
我很怕說出他們是危樓的真相
會造口業，但心裡
就像這條私人土地的路面
我有點不平我以為我在寫詩

拿出鑰匙，打開鐵門進入日治時代
一棟老房子，把濟南路的格調翻新了
卻把自己關住了，在樓上
我望著陽光穿透的庭院和透光的
葉子，感覺秋天偏心
只給鳥兒自由和快樂的時光
偏偏心就關不住想要

飛翔，欲望其實可以很低的
我總控制素食店的午餐
在七十元以下，尋找修行
和惜福的感覺，前夜聚餐打包
回來的剩菜，攀談之後
打坐念佛茹素系出同門，哇
太高興了！一念法喜
撐開一天心情鬱悶的黑傘
我說真空妙有我以為我在寫詩

老詩人八十七歲了，要我饒了他
這一次，能不去
就不去，這麼多重量級的人
不差我一個，他說
我老了，走不太動聽不太清楚
記不太住，我怕
失智，趁現在
記得趕快整理一些東西，十本書
正在趕，時間有限
能不去就不去了
罷！何必強人所難而且
他也不欠我，即使他在我心裡

是很重要的詩人
我跟老詩人通過話我以為我在寫詩

這一天怎麼覺得時間不太夠用
許多人躲在電話筒裡
不說話，任我一打再打
至少說聲疼吧！文化部一直找我
問記者會的東西，南北
我都搞不清楚只有悶著頭
幹！我是來幫忙的
真的不太在乎這工作，不
完全不在乎
我是被詩舍這個陷阱的美麗
騙了，自己
找的怪不了別人
我隨時可以走人我以為我在寫詩

夜幕低垂，我以為我在寫詩
以為我在寫詩
為我在寫詩
我在寫詩

當死之時 ◎蔡鎮鴻

當死之時
最後那一盞手心的燭火
你握住了嗎？

我相信靈魂
但靈魂從來不相信肉體
說走就走
不留一點YaSoBe

乙丙交替，羊猴握手
未完成的失意封存
申來不及出頭
十二生肖
每個都遺落你心中積塵的
怨懟
終於爆發
心對切，一半虛無，一半痛

粉碎的鏡面不作怪

只是從未看清楚的

你

最後那一盞手心的燭火

你握住了嗎？

——乾坤詩刊68期

苦諫◎魯蛟

山林是土石的故鄉
怎能忍心讓它們
含著淚水去流浪

土石是山林的爹娘
一旦出走
它們不是餓斃就是病亡

——乾坤詩刊62期

冰山之訴◎魯蛟

用無知和私慾
把我們刀刀的凌遲
或是一滴一滴的融掉
我們還可以變為水
換一個姿勢來活

而你們
因為缺少了些甚麼而躺下
就永遠永遠的站不起來

2012.2.

——乾坤詩刊62期

魯　蛟，本名張騰蛟，1930年出生在山東省的高密縣（現在的諸城市）。民國三十八年隨軍來台。民國四十三年開始寫作，詩、散文、自選集及其他文類計二十六本。

聲音
——給詩人蕭蕭◎魯道夫

那是風裡告別的呼喊

一出場

就把名字疊著

從樓上用悲涼的姿態灑落

到底層

再沿著稿紙的格子向上爬

路上敲擊著節奏

灑落的詩

開口就是歌詞

被誤認為歌手的前奏

耕耘

在鐘聲裡

在黃色的綠色的制服田裡

當下課鐘響

稻穗都彎腰敬禮

微笑著回到來時的起點

喝一杯溫和的茶　潤喉

重新細數牆上鑿過的血槽

每一句詩都在告別前一句詩

成為下一句的開始

也許左手右腳　也許右手左腳

交替爬上心裡

那綠色稿紙的下一行

閉上眼

心跳輕敲著意象的糖罐

是醒不來的夢

那麼　詩是寫不完了

在呼吸裡

在暖暖的山兜裡

傳來輕輕的馬嘶

註：蕭蕭是風聲、是馬鳴聲，也是詩人的筆名，歌手的藝名。

——乾坤詩刊74期

魯道夫，臺灣臺北人，1976年2月生。學歷史出身，從事學術研究工作。上個世紀得過幾個文學獎，認為詩是一種操作焦點的藝術，應該要用多種角度看，才會有立體感，產生自己的解讀與感受。

囹圄 ◎賴文誠

1.

鐵窗篩選過的
月光
只剩下最純淨的
冷漠與寂靜

2.

將冬季緊緊
銬住
枯枝終於宣判了
落葉的刑期

3.

時間的腳鐐
在深邃的房間
拖曳出，一長串
最沉重的字

4.

凌晨響起的鬧鐘聲

槍決了

鋃鐺入獄的

失眠長夜

　　　　　　　　　——乾坤詩刊73期

賴文誠，1970年5月9日生，國立新竹教育大學碩士。曾獲得教育部文藝創作獎、聯合報宗教文學獎、吳濁流文學獎、好詩大家寫、臺灣詩學詩獎及數十項縣市文學獎現代詩獎項，作品入選2012、2013、2015年臺灣詩選，著有《詩房景點》、《詩說新語》等詩集。

訪雲窩

——武夷山紀行◎嶺南人‧泰國

因風

紛紛離家

出走

留下一窩

空

流浪的藤杖◎嶺南人‧泰國

篤，篤，穿過山間小徑

回到生它的山林尋夢

山上的樹不認識它

樹上的鳥，嘆嘆飛走

落下幾粒冷冷的鳥聲

——乾坤詩刊70期

嶺南人，本名符績忠，1932年10月生於海南文昌。出版詩集三冊：《結》、《嶺南人短詩集》、《我是一片雲》。歷任泰華新詩學會副會長及泰國文學藝術會會長。現為泰國華文作家協會顧問、留中總會文藝寫作學會祕書長。

她們的呼喚
——後藤建二1967-2015◎薛莉

我想，我是死了
一點也不重的恐懼
消失了，但櫻花還開著

世界沒有改變
每張活著的臉孔
依舊油膩地穿透電波
爭論還是那般尖銳
如撞毀房舍的碎片

我想，我真的死了
昨晚，我飛往家鄉
探視呆滯的妻兒
哭泣的母親，她們的
哀慟如此蒼老

我死了，揮別的手
划過一室戚色，她們
似乎感應我的凝視
齊聲抬頭呼喚，呼喚
逐漸隱沒的名字

———乾坤詩刊74期

殘破的石柱沒說的
——緬懷特洛伊城（Troy）◎謝勳

與時間偕行的
愛琴海岸——

殘破的石柱沒說的
青苔說了
發黃的青苔沒說的
風中的塵土說了

幾番海誓
山盟的輪迴過後
鏟除層層
歲月的重量
那一匹詭譎的木馬
穿越荷馬的
黑暗世界
重現一如明珠

乘著想像的翅膀
回歸特洛伊城

為集體記憶的
恍惚
作現身說法

　　　　　　　　　　　　──乾坤詩刊72期

謝　勳，台北市人，生於1944年5月。多年旅居美國，現為英文詩刊Nourish-poetry and haiku總編輯、美國新大陸詩刊編委、台灣講義雜誌特約編輯。出版著作《速寫當代美國詩壇》和詩集《無常的美學》及英文版美國詩人訪問錄《Poets about Poetry-Interviews with Contemporary American Poets》。

世說詩語◎謝美智

1.

每個字都被詩人們圈地註冊了
我小心避開地雷
不敢憂傷也不敢快樂
更不敢說：我愛妳
因為版權所有，請勿翻印

2.

能滾多遠，我就不站
我抱頭屈膝把自己當顆滾石
抱著一本字典，學林沖夜奔
正在逃亡

3.

我種我自己是一株含羞草
聽到風聲就嚇得閉嘴
連喘氣都要看地上一隻螞蟻的臉色

4.

倉頡，我要把你從地底挖出來
我來幫你找律師

5.

字典是空白的
所有的字句都被挖走了
那群拿放大鏡的權威
昨夜把他們盜走了
因為他們說那是他先想出來的

6.

不許有跟他們相同的感受
也不要看太多書
更不可以吃相同的食物
因為怕拉出來的大便
是一樣的味道

——乾坤詩刊79期

謝美智，1971年2月出生於彰化縣。目前從事服飾業工作，閒暇之餘在臉書創作現代詩，作品散見《有荷雜誌》、《台客詩社》、《乾坤詩刊》。

維多利亞史詩◎謝淏嵐

你隔著汪洋
看見他
連呼出的空氣都
體無完膚

你看見他用力呼喊
但所有聲
都被敵人銳利的目光刺穿
血流不止
還有他為了負隅頑抗
所舉高的那雙年輕的手
被壓下來後
支離破碎
唯有跌坐在地
不似人形

你忽然想起那個
他仍然叫作維多利亞的時代

那個，他仍然有權呼吸

可以隨意散步

可以擁有常識

可以張開眼睛

看見一切事物並

可以相信的時代

那時候

二加二等於四

自從當年提早落英的盛夏

漸漸腐爛的樹

就停止提供新的氧氣了

而他除一朵枯萎的塑膠花外

已經無法再看到

青綠的草地和蔚藍的天空

他說，那是因為

他的名字

已經不再是維多利亞

冠上的寶石

亦已褪色

於是他開始流浪

在無法立足的空中氣化

被途人毆打

然後身穿旅人的身份回家

不准說話

而二加二悄悄地等於五

面對靈魂在體內一個接一個地逝去

他已經無能為力

在他的最後歲月裏

他穿起一件米色的衣服

為了尋回維多利亞的記憶

發動了一場注定失敗的戰爭

那件米色衣服

也沾上了一點點紅色的點綴

——乾坤詩刊74期

謝淏嵐，1996年9月23日，前臺師大噴泉詩社社長，前《聲韻詩刊》編輯，香港僑生。寫詩，也寫小說和劇本。念歷史系，寫出來的東西也很歷史。不喜歡當詩人，只喜歡偶爾想想事情，寫點東西而已

武昌街的遐思
——敬悼周公夢蝶◎謝輝煌

那邊是台省城隍

這邊是排骨大王

您在明星咖啡騎樓下

蹲成一隻入定的牛蛙

任潮來汐往

有人求了一生的福

又來求一碗口腹的滿足

一隻在書葉上遨遊寰宇的黑蟻

不管世人燒了什麼香

也不管世人如何吃香

只孤獨也冥想

如來是如何地如來

偶而有隻葉子來訪

不問它從何處來往何處去

只為它準備掛單的禪床

有人向您求張回家的車票

您心燈煌煌

要來的躲不掉

有求必應地捨了

五一勞動節那天

您連臭皮囊也捨了

不求人間一根還魂草

——乾坤詩刊71期

謝輝煌，1931年12月生，江西安福人。曾任通信副隊長、參謀、專員、國軍散文隊
研究員。現為文協、新詩學會、三月詩會等會員。作品有詩、散文及評論。出版散
文集《飛躍的嚮午》。

我的髮宛如雨季
——化療落髮小記◎鍾雲深

蜷伏在梳妝臺上

一把木製梳子

藏著發霉的心事

像朵烏雲

迤邐著長長雨絲

雷鳴　奏著命運交響曲

讓她魂飛魄散

枕畔　一個沒有溫度的夢

梳斷了我們半個世紀的風華

簷角落下的思念

是我長長的髮絲

母親手中細細的縫線

是我的髮絲長長

彎彎的月芽兒

彷彿我的斜瀏海　柔順

風來　柳樹搖曳

是我的髮梢

舞動　小步舞曲

走進潮溼的雨林

背影　是我回眸的長髮

雨季的公路上

從不撐傘的一列列路燈

是我哭泣的髮絲　滂沱

啊！這想起來就要哽咽的故事

有我長長的髮宛如雨季

在流向大海以前

呼喚月光

落在我們相遇的夢裡

——乾坤詩刊68期

夜航／構圖◎隱匿

眼前是一大片
深遠、遼闊的
永恆的黑暗

是沒有分別的
空間與時間
沒有分別的
天空和海洋

從那片黑暗之中
點點燈火
奮力地
睜開了一隻眼

它看起來是如此地
微弱、虛幻
彷彿隨時會熄滅

卻又是如此地
燦爛、輝煌

彷彿那一點點的光亮
不僅奪走了我們的目光
還奪走了一切
我們所能想像

把短暫的自身投影、投影
向最深、最遠的
永恆的黑暗

——乾坤詩刊61期

隱　匿，1969年出生於彰化。寫詩的人，有河book女主人與貓奴。著有詩集《自由肉體》、《怎麼可能》、《冤獄》、《足夠的理由》。玻璃詩集《沒有時間足夠遠》、《兩次的河》。散文《河貓》、《十年有河》。

銅鑼窯 ◎顏艾琳

赭紅的黏土，
是大地的血肉，
我們用一千多度的熱情
燒製為骨瓷。
那等人高的巨甕，
仰天張開嘴
把銅鑼的風土菁華，
通通吐納。

2011.12.16

——乾坤詩刊61期

顏艾琳，颱風名。生於臺南下營顏氏聚落。在臺北受教育後，一路遇到貴人，習得
文學跟編輯技能。一個活得像魏晉時的嬉皮。玩過搖滾樂團、劇場、《薪火》詩
刊、手創、公共藝術、農產傳播。極端天秤、狂狷古典。

蠟炬◎蘇紹連

我想和時間一起變老

可是
時間
生生
不息

我卻
已熄

男人的最後一道防線◎蘇紹連

有一天你終於也到健身房去

想鍛鍊
馬甲線
人魚線

你歲數那麼大了
練尿道括約肌這一線就行了
暗夜湖光
行走在公園湖上的鵝
是一群穿黑袍的教徒
核爆而沉沒
泛起幾片僅存的
城市浮光

——乾坤詩刊61期

原來◎蘇紹連

在自己還沒成為
自己，之前

在傾斜還沒成為
傾斜，之前

在哭泣還沒成為
哭泣，之前

——乾坤詩刊61期

蘇紹連，1949年12月生。「台灣詩學」詩社同仁，主編《吹鼓吹詩論壇》詩刊。
著有《私立小詩院》、《童話遊行》、《驚心散文詩》、《隱形或者變形》、《散文詩自白書》、《少年詩人夢》、《時間的背景》、《鏡頭回眸——攝影與詩的思維》等詩書。

缽之華◎棻川

你從季節的深處走來
輕輕拂去髮上的殘雪
眉眼盡處　一片青蕪
貼近時我聽見
淙淙的水聲正漫向四野

意象的花朵繽紛盛開
在清淨河畔
你拈花　或者我拈花
都在三千世界的缽中
微笑

——乾坤詩刊69期

棻　川，本名洪嘉君，1960年11月1日生，臺南市新營人。輔大中文系畢業，師大國文研究所結業。曾獲中國文藝新詩創作獎章、吳濁流文學新詩獎、全國優秀青年詩人獎、鹽分地帶文學獎等多項獎。著有棻川詩畫集，新詩評論、詩集、散文、小說及其它專著十餘部。

獅子山的春天◎蕭富城

槍枝與火藥在暗夜裡，刨挖
那流著奶與蜜的純樸之地
黑人他們的故居
而今躺在血泊，汩汩流入土壤
淚水，成了搶收的寶石

白色的軍火掮客，黑色的西方世界啊
原來那煮豆的豆萁，是一枝和平
一根互助，一把人權的材薪

親愛的公主，高雅的貴婦們
可否？可否割捨那瑕疵的鴿子蛋
許一地杜鵑，開放在那
早春的獅子山

——乾坤詩刊77期

蕭富城，本名蕭瑞雲，1967年3月17日生，學歷工專，喜歡美學和設計，常去看
展，喜歡課外讀物勝過課本所以課業普通，退役後經歷幾個工作而後自行創業白手
起家，目前成為小規模家族事業，忙碌卻空洞，於是回來擁抱藝文。

第四輯

同仁詩卷

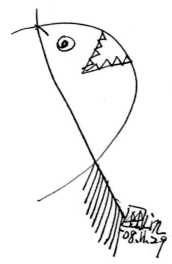

林煥彰／圖

記事之必要◎丁文智

只為見証一事態之延伸
以及　有否
因不當變故而私自挪移
甚或，無端之消失

於是一些領略過的場景
　　一些走過眼底
　　　　飄過耳際
以及一些不甚張狂的奇特
譬如那麼一種風
　　　　一種雨
一種遠走他鄉時與親友熱情的那一握

諸於此情
我們決不能讓它走失在記事之外
也不必在乎意義深不深俱
總之
都應像沙漠緊緊抓住仙人掌那樣

把每個生命中的過程

深深

印記心底

——乾坤詩刊72期

丁文智，山東諸城人，1930年出生。省立青島臨時師範畢業。出版長篇小說《小南河的嗚咽》、《恩重如山》，短篇小說集《記得當時年紀小》等十餘部；詩、散文合集《一盆小小的月季》，詩集《丁文智短詩選》（中英對照）、《葉子與茶如是說》、《能停一停嗎，我說時間》等。早年曾加盟紀弦的現代派；曾任《創世紀》詩社社長，《乾坤》詩社創社同仁。

地雷◎大蒙

我在半埋的土壤中修煉成精
風雷雨電　日月光華
懷著滿腔憤怒等待爆發

圍滿鐵籬 我哪裡也不去
星辰與夜色
海浪與唱歌
有時我睡著了
睡著也醒著

我的長相猙獰
埋伏冷冷的敵意 如如不動
且不笑
且憎恨著隨意彈跳的蚱蜢
在我頭頂上做愛

日子很長很長
未曾消化的一肚子火藥
因嗜血而不老

許多兵丁走過

沿著籬外 小心翼翼

我噤聲守候著那一刻

那是耐力和意志的折磨

憋足一股大氣

不分敵我

吼一個同歸於盡的轟然訣別

而花蕾正一步一步前來

在微風中搖曳弄姿

她的腳步溫柔輕盈

躡著的足尖 行走看不見腳印

我恨這娘娘腔 但她卻似毫無惡意

媽的！我就是拿這類無重力的挑釁沒輒

我的身上留有英文紋身

Danger正是我的渾名

時間　比渾號危險

印字　會在不覺間鏽蝕

我還是半埋在土壤中的憤怒

憤怒不肯被歲月侵蝕

風吹雨打　日晒土掩

修煉中固體的火焰

仍堅持在某一刻爆發

——乾坤詩刊61期

大　蒙，本名王英生，為大蒙工作室負責人。除了曾在詩刊、報刊發表新詩文本外，也曾多次發表結合圖像、動畫及裝置之跨界新詩作品。為乾坤詩刊設計封面，自第七期開始至今，未曾中輟。曾獲得新詩學會年度優秀青年詩人獎、中國時報文學獎新詩獎。著有詩集《無端集》

風裡的女人 ◎卡夫

走在貼身風裡
隱隱跳動的光　撩起
天地一角
身後眼睛　無處可逃

我躲在跟著的
　　　　　　腳
　　　　　　　　步
　　　　　　　　　　裡

你露出是一面冷冷的牆，莫非
要我知道，眼睛用想
也走不近你
如果
沒有風　可不可以
看到全裸的你

（乾坤詩刊76期）

看不見黑暗的眼睛
—— 陳光誠◎卡 夫

夜封閉所有入口，要你

不能有夢，他們

隱藏月色，要我

不能走近你，然而

我看見

在最黑的深處

亮著光

一場春天的暴動

在眼睛裡

開始了

—— 乾坤詩刊76期

卡　夫，本名杜文賢，1960年生於新加坡。1986年獲新加坡國立大學中文系榮譽學士。現為中學教師。1978年開始文學創作。著有散文集《生命的神話》、中篇小說《我這濫男人》、詩集《我不再活著》。現為野薑花詩社、乾坤詩社成員、吹鼓吹詩論壇中短詩版主。

墨
——漢字詩◎宋熹

　　覽歐陽詢九成宮醴泉銘法帖并贈書法家陳欽忠教授

黑白分明的井田
穿梭四條紅色經緯線
切割出九進位的屯墾區
顏真卿柳公權們在此筆耕
踩出永字訣的步伐

遠方富春山居歷歷入目
一條黑河波濤蕩漾成無數支流
轉眼間漲潮起來

谿山行旅途中
張大千齊白石們魚貫而行登高
摩拳擦掌等待星月爭輝大會
輪番做莊

飛

—漢字詩◎宋熹

幾度冥想
忘我化身為大鵬

翺翔萬里晴空
展翅追逐烈日的煙硝味
朝最沸騰的臨界點取暖去潮
也曾爬升九重天
在渦漩的氣流中翻滾起落
變換360°曼波舞姿
任我自由落體花式滑行
於天涯海角之巔

可惜我仍獨身
難道這是孤峰頂上的宿命
遺世而獨立的悲劇
天外過客問我飄飄何所似
搖頭漫應我罹患了自由主義
憂鬱症候群

何年何月何日
誰能伴我比翼夜奔星空
與子偕老

——乾坤詩刊68期

宋　熹，本名宋德喜，1954年生，臺灣臺東縣人，台大歷史學博士，現為中興大學歷史系教授兼通識教育中心主任、教授會理事主席。早年蒙羊令野、、洛夫、張默及林煥彰提攜，先後參加創世紀詩社及布穀鳥兒童詩學季刊，2013年起返回詩壇。

問愛的路◎李曼聿

記得有一天，我步出門
背著夕陽走進夜的一角
尋找黑暗的苗，將它放入
心房裡的盆栽。關上了門

我讓月亮照著，學習夢的祕密
回音在沉眠中鼓盪著
那是籠中的鸚鵡，無言的共鳴
彼此有了約定，要在歲月之門打開以前
飛出死亡起點的界線

到了天上，我們的孩子已經成長
從幽幽的谷爬升到雲上的淨土
跟我們一起歌唱，隨靈光的閃動
在星河追溯人在紅塵裡，生存的理由。

窗口◎李曼聿

時間是玻璃，破散在

每個人自由的心

妳我的距離，是透明的陷阱

掉入了彼此深深的情意

枯去的花朵圓滿了生命

在一片草地上我們坐著

讓風把語言帶走

望著彼此。忘記過去。

──乾坤詩刊72期

李曼聿，1989年生於臺北永和，小時候移民溫哥華，習電影後回臺灣就讀臺北藝術大學。我渴望遇見不認識的人，和他們分享詩，文字裡面的訊息，隱隱溝通著彼此深愛的事物與價值。當一本詩集可以被翻開，那就是我願望的開始。當一首詩被讀下去，那就是永恆。

坐看雲起時
—— 敬悼周夢蝶◎季閒

坐著　坐著
竟又坐回起初那顆頑石
山　與我冷冷對望
以詩的溫度

風雨飄過　雲未曾遠離
雲中一閃又已千年
雷　豈只在驚蟄時才嘹亮
念頭　又豈只在禪裡扭動

坐望雲起
誰？在雲中撩撥第一響水聲

山在雲中　隱約
如詩的尾韻
如禪之千言而無一語
我眼裡有山　山邊有雲飄過

千江乃因此有雲
千江留不住雲的樣子

坐著　坐著
我又坐回江邊的頑石
山是江的常住
水冷冷地流過

我在水邊　坐忘雲起

——乾坤詩刊70期

夜視◎季閒

　　一隻候鳥在高壓電線上醒來，擴大的瞳孔住進了整個星空，餘光瞥見一隻貓佇立在屋脊上緬懷祖先，更下方是一雙傍晚與牠同時到達的鞋，正歪歪斜斜划入昏黃的燈光。

　　每家樓窗都有夢進出，騎樓下，流浪漢的夢縫上了補丁，幾聲巡更的犬吠聲隱入街角，牠警惕地藏好影子避免被噬。畢竟，底下的路是兩頭蛇，一端已經吞掉夕陽，另一頭正在啃遊子的鄉愁。

——乾坤詩刊70期

季　閒，本名邱繼賢，臺灣花蓮人，大葉大學設計學碩士，專業景觀及空間規劃設計師，喜愛閱讀及創作現代詩。深受王國維「人間詞話」影響，加上專業領域裡的「傳統園林」設計之「詩情畫意」訓練，對境界、格局與美學，現代詩創作的三要素，是個人「經典」追求的目標。

唸予阿嬤个詩（閩南語詩）◎吳東晟

阿嬤，我轉來了
你今仔有佇咧無？
醫生講你已經出國了
坐著舒適个飛行機，已經起飛了
眠床邊有一陣一陣沉香个香味
要飛去有七寶琉璃个佛國淨土
天頂个雲，是接引个蓮花
阿嬤，你就放心去遊覽

阿嬤，大家攏轉來看你了
大家攏足想你
你若愛食蔭豉仔，咱就來食
愛食鹹糜，就來煮
愛食雞尾椎，就來買
嘛倘好食海苔，飲茶米茶
哪熱就來食挫冰，食了足涼心

隔壁个火雞囉囉囉佇叫
高速公路个車一臺接過一臺

今仔看電視有較明無？
ラジオ佇收有清楚無？
阿嬤，我想繼續解釋新聞予你聽
不過我復較想要聽到你个笑聲

朋友攏知影我个阿嬤足特別
講阿嬤个想法和人無同款
我復想要和伊講
細漢佇學校，佇學識字个時候
看到慈悲、慈祥个慈，這個字
我就感覺識真久了
今仔想起來，因為這個字
就是阿嬤个面容
我練毛筆字，知影有孝个孝字
我寫了不美
阿嬤，我跟你學慈悲个慈
按怎寫好不？
你毋免教我按怎拿筆
毋免教我字典按怎解釋這字
你教我按怎用關心、用疼愛、

用煩惱、用寄望

來甲慈這字寫得這麼水

我若學會曉，

後擺會寫予你个矸仔孫看

我會炁伊來看你

跟伊講，阿祖佇作菩薩了

你若感覺到幸福與平安

彼就是，阿祖寄我這

要留予你个

——乾坤詩刊72期

吳東晟，1977年出生。臺中霧峰人。成功大學中文所博士。彰化師大國文系助理教授、乾坤詩刊古典詩主編。著有現代詩集《上帝的香煙》、古典詩集《愛悔集》。

海港。22度◎林茵

城市落著雨

我心裡蘊釀著一首詩

要寫給你

熟悉的城市　陌生的雨

雨季的天際線總教燕鷗迷路

教海港迴流的魚無語

從哥本哈根湧來的愛與渴望

靜靜在氤氳裡

沉默

熱的潮息溫的街景冰冷的魚體

曾在冰島落下的雪雨裡

獻出

神聖的牲祭

城市是孤單的

生命也是

時間不遠不近走在一條

拒絕回頭的路

在雨季和雨季的間隙

氣味依舊爭辯

此刻

北緯22度的雨落下

挾帶著

青春的胴體

我心裡蘊釀著一首詩

要題獻給你

想你守在一片昏黃

不遠不近的斗室

柔軟的謳歌隨著風帆

喧囂的五色已

靜默

——乾坤詩刊74期

林　茵，臺灣臺中人，目前定居桃園。臺東大學兒童文學研究所畢業，天津師範大學比較文學博士班肄業。於小學服務。作品包括童詩、童話、現代詩、小說等。已出版兒少書籍《詩精靈的化妝舞會》（臺灣聯經）、《旭星燦爛》（大陸四川科技）等。

此刻 ◎林秀蓉

小雪冬霧，越野競賽
穿梭山峰迴盪谷間
氤氳的角落藏幾顆音符

給一首歌的時間
會飛的心從雨中來
閱讀水靈的天空
畫一隻鳥曙光

一筆就潤濕大崙山頂
銀杏樹下沁出茶香
我輕輕吸了一口，微醺
待涼，風仍然孤寂

藪鳥飛過春分、夏至深秋
把翠綠、青綠、黛綠棲息成
滿山金黃，一片片扇葉正飄下
巧遇與掌心擁抱與我萍水相逢

金黃的銀杏等我一下，別走的滄桑
霧散！還來不及編一頂桂冠
精煉的詩羽是不斷跨越的遊歷
飄零的世道需用整顆心去貼近
愛，讓一隻鳥迷航

（乾坤詩刊77期）

林秀蓉，臺灣宜蘭市人，現為國立彰化師範大學教育研究所研究生。喜歡新詩創作，作品散見在臺灣時報、中華日報副刊，與《創世紀》、《吹鼓吹詩論壇》、《笠》、《乾坤》、《華文現代詩》、《葡萄園》、《秋水》等詩刊，現為乾坤詩社同仁。2016出版詩集《荷必多情》。

獨步世紀一匹昂揚的狼
——敬悼臺灣現代詩派盟主　詩人紀弦恩師◎林煥彰

我看到一棵檳榔樹，從上世紀40年代
臺灣現代詩壇的地平線
漫步走來；右手拿著拐杖，
左手握著煙斗

這個人，不是因為年紀大
也不因為他有什麼煙癮；
是因為他要向全世界的人
宣誓：
臺灣的新詩，要改革！
臺灣的新詩，該現代化！

他，嘴裡堅定的咬著煙斗
最得意的是——
他主張：橫的移植，
要讓西方的煙士披利什，從他的煙斗
冉冉上升；升起現代派的香火！

這是我年輕時就開始迷戀他的
一張自畫像，
他用兩個阿拉伯數字，很簡單的線條
畫出：7加6

7，是他的拐杖；6，是他的煙斗
從年輕開始，這就成了他一生的
作為詩人的註冊商標；
隨著他的詩，縱橫通行整個世界的現代詩壇；
一甲子過去了，從來也沒人敢造假冒牌，剽竊他——

其實，他還不只是一棵檳榔樹
也不只是7加6；
那張年輕瘦長的臉龐，雙眼炯炯有神的自畫像
以及更難能可貴的，讓人印象最深刻的
仍然是他
獨步曠野——會大聲嗥叫，而仰天長嘯
能令人顫慄淒厲已極，是匹昂揚自信的
狼！

林煥彰，宜蘭人，年輕時開始學習詩畫，後兼及兒童文學：已出版著作一百餘種，部分作品入選百餘種選集，又收入新加坡、臺灣、中國大陸、香港、澳門中小學語文課本，大學考題及教科書，並譯成英日韓泰德義法俄蒙以及印尼、馬來西亞等外文發表，並出版多種外文單行本。

竹唱風吟 ◎徐世澤

你纖弱柳枝隨風群舞吟唱

雖無松柏蒼勁

都可抵禦狂風暴雨

蔥蘢一片，亭亭勁節

日晒疏影溢翠

枝葉鳴玉笛

蕭蕭聲聲擊露滴

蒼天幹頂，瘴霧枝除

虛心為懷，凌雲深處

黃蜂彩蝶，素枝不染

不論寒暑，四季長青

土發新苗，雷動春驚

筍生之後，節節上升

樂與松梅傲歲寒三友

山水入畫，千枝為伴

七賢林下歡敘

知遇東坡「無竹令人俗」
頻添文士，君子風骨

2014.5.3

──乾坤詩刊76期

徐世澤，江蘇東台人，1929年生。國防醫學院醫學士、公共衛生學碩士，曾赴美澳紐等國考察研究。歷任醫院主任、副院長、院長等。作品列入世界詩人選集，出版《養生吟》（中英對照）、《詩的五重奏》、《擁抱地球》、《新詩韻味濃》等近十種。曾獲教育部詩教獎。現任臺灣瀛社詩學會常務監事、《乾坤詩刊》創辦人之一、兼任副社長等。

瑪鍊溪 ◎陳素英

瑪鍊溪奔騰著
我們在山上打獵
你們在溪底捕魚
他們在山間採金礦
山環抱著我們
水聯繫著我們

瑪鍊溪澎湃著
百花宮裡求子嗣　財神福祿
靈泉寺裏打禪坐
福德正神裏
求風調雨順　五穀豐登

瑪鍊溪水縱橫著
遊客從風櫃口入
從萬里橋頭出
宜徒步　宜驅車

沿途尋尋覓覓

幾段景點中的涼亭

貼近每一部落的山水與生活

夜鷺燕子家犬

一路殷勤地招呼著

海產店

用佛珠丈量龍蝦的尺寸

用米酒揮灑大海子民的性情

牆上掛著

金碧輝煌兼日本風味的農村通俗畫

無礙於子孫昌盛與福澤

瑪鍊溪親水步道

金礦山已騰空

鍛金廠股票仍上市

海鷗在出海口段盤旋

飛行轉彎成自由的新方向

從陽明山頂 足印草山涓滴
一直攀山越嶺衝刺到出海口
瑪鍊溪一路迢遙的奔騰著

2012.4.24

——乾坤詩刊76期

陳素英，筆名墨韻，曾獲53屆五四文藝獎章。著有博論《王船山情景說研究》、
碩論《文心雕龍對後世文論之影響》等。近年學術論著有〈隨生態運轉的視覺聽覺
感覺〉、〈東坡易傳及其詞中易境之詮釋〉等。創作有《陳素英中英文短詩選》、
《閱讀》、《水心詩岸》等，音樂與文學著有《古典的新聲》製作及撰稿，高雄文
化局黃友棣音樂數位博物館《樂風泱泱》等。目前任教東吳大學。

送別
——向前輩詩人周夢蝶致敬◎曾念

虛空中，慈悲求去
不再付囑一身浪漫的人間世……

在孤獨國的城外羽化成蝶
一任平生的哭與笑遠離江河
身後是一片負雪的絕響
好雪！片片也不落別處
端坐在未完成的時間裡
反覆咀嚼幾口大隱的市井
孤峰頂上的詩草還魂滋長
送別人間
生生世世生生
又見十三朵白菊花
相約再來人
一會靈山

後記：

　　前輩詩人周夢蝶於2014年5月1日下午過世，享年93歲。這段期間陸續重讀幾篇他的作品，依舊對其超越孤獨的心境，深表敬意。在此為詩一首祝福他，一路順行！詩中特別引用了他的詩集《孤獨國》、《還魂草》、《十三朵白菊花》、《約會》，以及《還魂草》中的詩名〈孤峰頂上〉、《十三朵白菊花》中的詩名〈好雪！片片也不落別處〉和〈再來人〉。〈逍遙遊〉、〈守墓者〉、〈托缽者〉、〈穿牆人〉、〈燃燈人〉、〈孤峯頂上〉皆為周夢蝶《還魂草》內詩作。

——乾坤詩刊74期

曾　念，本名曾期星，出生於臺灣屏東，現於新北市蘆洲國中執教。曾獲全國優秀青年詩人獎、大武山文學獎散文首獎、屏東縣教學創意獎、臺北縣教學媒體特優。著有詩文集《薺晴的美好時光》、《女兒紅》等。

相對論◎曾美玲

燃燒與熄滅

戀愛像升一盆火

在清醒與瘋狂的臨界點

觸摸燃燒前悸動的心跳

擦拭熄滅後嘆息的灰燼

含苞與凋謝

日夜努力裝扮

一朵含苞的玫瑰

為了那即將盛放

迅速凋謝的青春

囚禁與飛翔

奮力逃脫制式的牢籠

長期被囚禁的靈感

揮別僵化的思維

在幻想世界飛翔

漂流與靠岸

漂流時間的海洋上

一艘奇幻小船

穿越風雨捶打的過去

靠岸想像建造的未來

——乾坤詩刊68期

曾美玲，北一女、臺灣師大英語系畢業。曾任虎尾高中英文教師，現已退休，專心創作。曾獲師大新詩獎、童詩獎，全國優秀青年詩人獎，彭邦楨紀念詩獎創作獎，詩歌藝術學會創作獎。乾坤詩刊同仁、臺灣詩學吹鼓吹詩論壇同仁與中短詩版主。著有詩集《曾美玲短詩選》、《相對論一百》（中英對照）等。

親愛的，我們都有病◎紫鵑

親愛的，我們都有病。在風和日麗的城市中，病菌蔓延至現實的臨界點。我們無語。呼吸，做出選擇。心跳，擠出抗議。我們戴上帽子、口罩和輔助看清世界的眼鏡，你的右手握住我的左手，緩慢地穿越人群。

親愛的，我們都有病。遠遠望去，每一段路都設著一座祭壇，我們奉獻自己卑微的生命，在睡眠與清醒之間，用一把小梳子，梳理人生看版上的活動廣告。

親愛的，我們都有病。清晨在杭州西湖喝西北風，中午在墾丁椰子樹下藤椅享受陽光，黃昏在香港茶餐廳吃波蘿包，星期五在臺南菜市場尋寶，星期三在臺中街頭拌嘴，星期日在花蓮七星潭海域拾一顆能夠一起把玩的石頭。

親愛的，我們都有病。我要死去你的死去，你必須活著我的活著。必須驚濤巨浪，必須山崩粉碎。親愛的，你不經意揉進眼睛裏的沙子，是我始終不忍看到的斑斑血漬……

親愛的，我們都有病。開水煮沸，我們喝水、吃飯、散步，做平常該做的事。從這個星球到另外一個國度，從這扇木門到那扇無形的門。活著，我們始終活著。你和我和宇宙之間都有病，這是抽屜裏一張紙條的祕密。

親愛的，我們都有病。
噓！千萬不能告訴別人。

——乾坤詩刊78期

紫　鵑，莫名其妙的中年女子，漸漸為人生做減法的動作，很多的不捨學習忍痛捨下。期許年復一年勇於面對一切挑戰的自己，儘量做到細節、緩慢、低調、柔軟、慈悲喜捨。無懼並非冷漠，坦然面對生老病死。一步一捨下，朝簡單、平靜的生活邁進。

風化之壁◎閑芷

我踏上日光的方向，聽風
細說從前，如何隱匿
又愛上峭壁的情愫
幽谷間織成一張動人的網
邀請遊人的閒情入住

你說，哪怕天地寬廣地只容方寸
這一畝草地青青自在，飛流
也輕輕自眉目間滑下悲喜的清涼
凝視蒼鷹與呢燕相遇的瞬間
書寫成天地山水之永恆

如此貼近山的胸膛
聽你訴說風雨無情移山的憤怒
淡定後積聚成平靜的堰塞湖
一次，又一次聚散
由不得。愛別離

——乾坤詩刊76期

閑　芷，作品散見於《海星》、《創世紀》、《乾坤》、《華文現代詩》、新加坡
《普覺》等詩刊，2014出版個人詩集《千山飛渡》，2016出版第二本詩集《寂寞涮
涮鍋》。2015年獲第一屆鍾肇政文學獎新詩類貳獎、2015優秀青年詩人獎。

入魔者◎黑俠

縫隙這麼小

世界卻如此大

身體後退，易於磨損的身體

我的堅硬成為黑色的石頭

用來環抱所有的暗

恆發光的，我的愛

多麼耀眼啊！

為了讓光線繼續進來

我的淚腺通往所有的文明

而漸漸發病的我巨獸的心，渾沌且發熱

時間是我們所剩不多的食物

———乾坤詩刊72期

魔鏡◎黑俠

這是破碎，這是臉，那是耳朵
臉花了的牆上有兩瓣嘴唇
說話的是房子，不是我
我在笑，在哭，回憶是白色的婚紗
是在馬背上跳舞與歡愛，認真活著
如同死去，死去是喧嘩走進肉體
在陰森的房子內挑選著捧花與花剪

——乾坤詩刊72期

黑　俠，本名林啟瑞，1970年出生於新竹。林家詩社成員、《乾坤詩刊》同仁。曾獲國軍文藝金像獎、乾坤詩獎等獎項。詩作散見於《臺灣詩學》半年刊、臺灣日報、青年日報、人間福報等。現為吹鼓吹詩論壇、葡萄海文學論壇詩板板主。

兩格◎葉莎

其下

四周盡是黑 ，模仿夜的湧動

碎石瓦礫是沉重的被褥

我也許活著

否則怎記起夢裡天倫

孩子的笑是春天的花瓣

粉紅色 ， 甜甜的雨

我也許死亡

無法伸手攬住妻子的背影

睡在這裡，像一株倒下的樹

慢慢沉入虛空

歡笑是塵，幸福是土

其上

沿路都是火，將城市煮沸

我也許死亡

無法言語，感覺自己被捕食

一點一滴吃掉知覺

我也許活著
焦灼的呼喊被其他更焦灼覆蓋
走在混亂的人群
內心荒涼如一座孤城
不敢抬頭望天
畢竟不如月，無法缺了又圓

葉　莎，本名劉文媛，居住桃園市龍潭區，曾出版個人詩集《伐夢》、《人間》北美雙語合集《彼岸花開》，杭州女詩人合集《花弄影》。合編《風過松濤與麥浪──台港愛情詩精粹》。得過桃園縣文藝創作獎、桐花文學獎、臺灣詩學小詩獎，DCC杯全球華語詩歌獎。

我哥住在高雄 ◎劉正偉

我哥住在高雄，一個幸福城市
暑假初始，我造訪過這美麗港都
在旗津蓮潭美術館西子灣，愜意歡笑
夜裡，沿著中華建國凱旋路游車河
白日的酷熱，緩緩轉為夜晚的沁涼

我哥住在高雄，昨天清晨醒來
電視新聞震撼的畫面，瞬間爆衝而來
夜裡，趁著我們熟睡的夢中
惡火從地底竄出，吞噬了天空
蔓延，順著一心二聖三多路奔馳
瞬間，將康莊大道炸成戰壕與廢墟

我哥住在高雄，有夢最美
一家五口卻住在密佈管線的蜘蛛網上
是誰？暗夜裡埋下數百噸的地雷
是誰？暗地裡偷偷輸運化學煙火物質
在寧靜夜裡，突然炸翻我們走過的記憶
炸飛了親人，以及朋友的朋友

我哥住在高雄，熟悉的街道

卻在深夜裡爆裂，激烈地燃燒

祈願傷者安心，逝者安息

熱情的城市，需要溫柔地對待

親愛的，誰能給我們免於恐懼的自由

誰能讓我們安心散步，安穩入夢？

寫於高雄氣爆事件後，2014.8.4

——乾坤詩刊72期

劉正偉，1967年生，臺灣苗栗人。佛光大學文學博士。國立臺北大學及海洋大學兼任助理教授。曾獲苗栗夢花文學獎新詩首獎、詩運獎等。2015雲林草嶺創作者計畫得主、2016國史館臺灣文獻館學術著作優等獎。著有詩集《思憶症》、《新詩絕句100首》等五種及論著《早期藍星詩史》、《覃子豪詩研究》等。

空杯 ◎劉枝蓮

我是酒架上的空杯
瘦瘦腳影拖著鼓譟的身
請不要問
有關頸椎以上　我的腦

比起貞操也沾粘風塵
我寧可懸空在這裡
將頭種入虛空

如果愛情給了廢墟
夢想被現實拉拽扭曲
我寧可將頭埋入深海

我喜歡這樣的自己
拒絕舔食陰影的霉味
釋放出過多水草與酒精
有白色　紅色　無色

請容我
是塵囂擱淺的棄嬰。

——乾坤詩刊75期

劉枝蓮，國立臺北大學法學碩士，曾任大學兼任講師，現任公職。愛登山跑步海泳
旅行讀書，接受不完美的自己與別人。散文集《天空下眼睛》即將出版。詩之於我
純屬家常，是心底話的窗口、夢的殘餘、情感樞紐，也是語近情遙牧羊區和真誠率
直的初心。因不究技巧也不刻意語辭藻飾，素樸簡單，自曬為「素人」。

無懼於乞討◎劉曉頤

> 夜是黑暗的，但他照亮了夜
>
> ——讓·德拉克魯瓦

夜色彌合夜色
火種引焚火種
我沿著你半盲而酷似沉思的眼睛
蜿蜒卻終究抵達
沒有你的春天廢墟

像彼時我們
隔著附近矮公寓的
輕火災
好整以暇接吻

你掌心，起皺的掌心
輕易覆弄的
是玻璃球還是碑石
麥桿還是
一道不能刺穿的鐵屋

遺址的雜草

終究是綠的

破舊的星辰是一再補上的鋼釘

漸漸我無懼於

向已逝伸手乞討

也即將

無懼於折損

——乾坤詩刊78期

劉曉頤，東吳大學中文系畢，曾任電視台與出版社編輯，寫過UDN專欄數年，作品散見各報副刊、詩刊、文學雜誌。得過飲冰室「我心中住著一個詩人」徵文首獎、雙溪文學獎。著有詩集《春天人質》、散文集《倒數年代》。

金門二帖◎蔡忠修

金門的眼睛

走入沙美村落

射口有雙眼睛

偷偷看我不安地走過

習慣戴上眼罩的金門

因為戰地因為有痛的經驗

因為對岸也有一雙眼睛

內斂的金門發現我的眼睛也有射口

看你成了我的風景

我看見戰爭的影子

不斷在金門人的眼睛裡燃燒

烈嶼那年二度

射口前的口令已被凍醒

誰走過青歧？

而一路喊冷的東崗

發抖的烈嶼握著我的手

而湖上兩棲部隊卻不停喊熱

廈門灣知道，五七戰防砲和

　加農砲也知道

那年前線

我走過烈嶼最冷的海邊

崗哨忙碌的戰情電話

西康說大雪只是一場誤會

那年只有心虛的冰雹和

　呼嘯而過的炮火

不停問我冷的感覺

——乾坤詩刊71期

蔡忠修，著有《初啼》、《兩岸》、《神問》等詩集。現為慈愛動物醫院院長。曾
獲全國優秀青年詩人獎，乾坤十五週年新詩獎，第四屆全國大專新詩獎。作品曾選
入臺灣各詩選集。曾和陳煌創辦《綠地》並加入《陽光小集》和苦苓創辦《兩岸》
詩雜誌。

藍眼淚◎龔青

從北走到更北
我們比月亮先一步看到
秋天，和女人的眼淚

這條路，由村子
通往碼頭和遠方
愈來愈窄
她一天要走上好幾回：
出海人的性命是天公伯的
再巧手的漁村女人也無法
　　編織出
一張能捕獲哀傷的漁網

陽光下，已晾曬成乾的魚們
依然張著眼睛
男人出海討生活的日子
她的等待是盛開在遠方
一朵憂傷的花

比海上的雲更純淨
比蠢動的海浪更洶湧

承載著她最豐盛
也最微薄的愛與絕望
秋天一躍而下
她等待的歸人不是海盜
再醇勁的海

——乾坤詩刊78期

風風光光是坨一閃而逝的笑聲◎蕓朵

有一種風光

有一種風光穿越歷史像是盛裝的京劇演員剛上了臉

有一種風光流動著閃過眼前

有一種風光沒有人知道埋在土裏的礦物質後來成了什麼顏色

有一種人

沒有風光地走過你面前不算活過

有一種人

風光地走過時

卻小丑般地死去

有些風光一閃而逝是昨夜你忽略掉的一抹白閃電

風光來來去去

去去來來

沒有影子也沒有身子

像奔像跑像走像飄

沒有一樁說得準

有一種人喜歡風風光光
有一種一生一世的風光
但是來不及想的過去現在
風光已經跑走了
到隔壁家點火去了

附記：2013年許多鬼話人話神話的社會話語。

——乾坤詩刊69期

薲　朵，中文系博士，副教授。兩岸詩刊主編，臺灣詩學編委、社務委員及乾坤詩刊社務委員。以蕭瑤為筆名獲2005年第四屆全國宗教文學獎散文貳獎。詩作發表報紙副刊及各詩刊。著有詩集《玫瑰的國度》，詩論《石室與漂木——洛夫詩歌論》、《雪的聲音——臺灣新詩理論》、《孫過庭書譜之藝術精神探析》等。

天何忍哉
——台南地震有感◎藍雲

豈止天有不測風雲

地也有不測巨震

僅僅數秒

不過一瞬

幾棟十六層高樓

便轟然倒塌如突然癱了的人

此起彼落的呼救聲

更有那些焦急等待的眼神

等待親人救出來

獲救的自是慶幸萬分

不幸的是抬出來一具具冰冷的遺體

教親人見了怎不痛哭傷心

也讓電視機前的觀眾

看到這畫面都不忍淚拭頻頻

天地不仁徒奈何

人為禍害豈不追

黑心建設只圖多賺錢

偷工減料　哪管他人會倒楣

反正心黑不怕走夜路

豈知夜路走多了終必遇到鬼

驚天動地這一震

震破了那詭計多端的牛皮嘴

可悲的是在原本吃團圓飯的前夕

竟遽遭如此天倫夢碎

樓倒了可以重建

失去的一百多個生命如何找回

賠償再多也換不回那些夫妻　骨肉親情

那些夭折的民族幼苗　未來菁英　怎麼賠

——乾坤詩刊78期

藍　雲，本名劉炳彝，另有筆名鍾欽、楊子江等；1933年出生。祖籍湖北藍利縣。
1949年來台，曾任中小學教師，1996年自教育單位退休，1997年創辦《乾坤》詩
刊。著有詩集《奇蹟》、《海韻》、《方塊舞》、《燈語》、《日誌詩》及札記
《宮保雞丁》等。

離我很遠的年代◎蘇家立

一名老婦在斑馬線上暈倒
手中捧的盆栽翻倒在地
裡頭沒有土和植物
插滿一根根沒點燃的蠟燭

彷彿一端泡過優碘的棉花棒
老婦稀疏的白髮曾抹過
時代敞開的傷
她靜悄悄躺在斑馬線上
等待被拾起

（車輛很有技巧地避開這枚
　從舊時代迸落的鈕扣
　嘈雜的喇叭聲畢竟不是細膩的線
　不可能縫回失去的喜怒哀樂或時間）

我走近老婦把盆栽翻正
拿出打火機將蠟燭一根根點燃

在她想說些什麼時吹熄所有蠟燭

「生日快樂」

據說這是白晝黑夜通用的魔咒

一陣輕風將老婦吹散

只留下碎花布補丁。

我滿手沾滿蠟油

球場還有幾條街的距離

那兒並沒有一壘

醫務室有盒使用頻繁的急救箱

裡頭的優碘是空的

離球場還有一條街的距離

馬路上的車子越來越多

2014.9.14

——乾坤詩刊72期

蘇家立，迷途於現實與夢境中，我越來越無法相信自己的感官，眼前是霧但一伸手就是火牆；回頭是峭壁但一退後卻是浮空。我不僅在夢中做夢，也想把現實當成夢境，我不停逃避逃到記憶的死角，無法再退時，我寫下了詩。

如果你不曾來過◎龔華

如果　你不曾來過
誰會懂得甚麼叫作虛空
世界將只剩風吹日曬的糾葛
蔗田向晚的彩霞
便不會打亂那年雨濕的天空

而青春
依然只是一朵寂靜的蔗花
躲在五分車的鄉間
任由鐵軌上的碌碌聲響
聞著糖蜜一路走遠

終於　盼到遙遠的暮春了
我們卻無法在魚尾紋裡
彼此相認　是否
皺褶太過柔軟
早已使人迷路？

一輩子了

我寧願也不寧願

你不曾來過

————乾坤詩刊80期

龔　華，中國文化大學中文所碩士。從事現代詩創作、翻譯，投身疾病關懷之文學書寫。臺灣同心緣關懷協會理事、乾坤詩刊社社長、小白屋詩苑社長、丹麥Aviendo Fairy Tales文創團隊中文意譯。出版著作《情思・情絲》、《我們看風景去》、《永不說再見》等十二本。獲頒散文獎、詩運獎、詩歌藝術創作獎等。

月光邊境
——林海作曲◎靈歌

離岸已然失溫
目測繁華漸行漸遠
長篙入水是究竟
深淺的漸層透過掌心
撈捕墜落的，竟已是千年
的問訊

妳把江河舉起
觸天，再裸露……

中秋漸近，我聽到潮聲
極速輪指妳的絲弦，山欲崩
似有雷鳴逼近

別抱於夜，我船行靜聽
涼意蒼茫，喚醒
四起的水霧

逐漸合圍，逐漸迷離
妳以垂憐釣出慌亂的心

我行至大湖之中了麼
上天　下水，尋不著地
唯妳睜開的眼，一開口
流洩千里樂音
滾滾煙波
交響邊境

——乾坤詩刊71期

靈　歌，本名林智敏，1951年生。吹鼓吹詩論壇版主及同仁，野薑花詩刊副社長，創世紀、乾坤詩刊同仁，曾獲洪建全兒童文學獎。作品選入《2015臺灣詩選》（二魚文化）、《小詩，隨身帖》、《水墨無為畫本》、《臺灣現代詩手抄本》（張默主編）。著有《漂流的透明書》、《夢在飛翔》、《雪色森林》等詩集。

一點一字堆疊

——《堆疊的時空——乾坤詩刊二十週年詩選　現代詩卷》編後記

林煥彰

　　《乾坤詩刊》創刊20週年，出版80期，這是值得慶祝的事。編選「乾坤詩選集」《堆疊的時空》（分「現代詩卷」及「古典詩卷」合為一套），就是很重要的一種慶祝方式；因為所選錄的作品，都是從過去2012年至現在2016年底，五年中《乾坤詩刊》所出版的20期刊載的作品中選出來的。

　　過去我們已經出版了兩本「乾坤詩選集」，包括從第1期到第20期，在2002年我們編選的第一本「乾坤詩選集」《拼貼的版圖》（同年7月文史哲印行）；和2011年，從第21期到第60期，編選的第二本「乾坤詩選集」《烙印的年痕》（同年12月秀威釀出版印行）；現在，這是第三本。

　　這第三本「乾坤詩選集」能夠順利編選完成，首先要感謝負責初選的五位同仁，他們是葉莎、林茵、季閒、林秀蓉、劉曉頤；由他們分別從第61期到第80期，選出近200家詩作，然後再經過創辦人藍雲先生一一登錄、發函徵求同意，除少部分作者或許聯繫上的失誤，沒有收到回覆、只得割愛外，計收錄128家首詩作，是相當豐富、多元的；這部分作品，我們就收錄在第三輯創作詩卷中。

　　這本詩選集總共分成四輯，除上述第三輯創作詩卷外，第一輯名家手稿，是《乾坤詩刊》從前任總編輯、詩人須文蔚教授十年前設立、一直延續存在的一個專欄；由於篇幅所限，

我們只選其中25家手稿，相當珍貴，要感謝每位詩人無償賜稿支持；至於第二輯乾坤詩獎得獎詩卷，也是很重要的作品，是《乾坤詩刊》創刊以來所舉辦的第五屆「乾坤詩獎」現代詩組得獎作品，其初選工作，分別經由本刊另五位同仁負責，從應徵作品371件中挑選出40首入圍；五位同仁是龔華、靈歌、曾念、曾美玲、閑芷等；最後聘請三位決選委員，包括資深名家詩人魯蛟先生和兩位著名詩人學者蕭蕭教授、李瑞騰教授擔任；他們經過複審、決審兩個階段審慎、嚴謹的過程，評選出來的優異作品。這一部分作品，我們也是配合本刊慶祝創刊20週年製作專輯，在2017年元月即將出版的《乾坤詩刊》第81期首度公布和發表；也由於他們的辛勞初選、複審、決選，我個人謹代表《乾坤》全體同仁向他們表達由衷感激。

還有，第四輯同仁詩卷的作品，是由每位同仁各自提供兩首限已在《乾坤詩刊》發表過的詩作，再由我彙集、視其詩作長短以及篇幅可以接納的情況下，或照單全收，或僅錄其中一首。不論怎麼做，總覺得很難十全十美、無法十分完善呈現每一位同仁傾心創作、最具代表性的獨特樣貌；也正因為如此，我特地運用《乾坤詩刊》81期規劃、製作「同仁詩展」專輯，展出25位同仁的新作，希望藉此機會讓有興趣、關心「乾坤詩人」的專家、學者、讀者們費心連結閱讀、參酌、對照，並且懇求大家給我們不吝批評指教。

當然，這些前前後後的瑣碎工作，能夠陸陸續續到位，拼接完成，我也要感謝每位同仁密切配合、合作無間，順利完成。

又為了完成這項有意義的工作，我個人因居於扮演的角色和職責關係，但自問能力有限，雖然在近半年中，為此已盡心盡力花費不少心思，也佔用不少睡眠和應該休息的時間，總還

是戰戰兢兢的只能勉力趕在20週年慶的慶祝會前夕、為詩社和每位愛護乾坤的同仁、詩人、作者、讀者、贊助者完成這件事，呈獻給大家。

這裡我還該交代說明的是，本詩選有部分作者未附作者簡介，或由於聯繫不便，曠日費時，只得從缺，或有疏漏、沒有整理好，還請作者、讀者多多包涵。同時，本刊資深同仁詩人大蒙悉心設計精美大方、豐富內涵的封面，以及詩人詩學者同仁、元智大學中文系教授李翠瑛（薈朵），在百忙中撥空寫序，個人更應該向他們一一致謝。

最後，所謂詩選，當然或會有見仁見智的優劣和差異出現，這是無法求得一致的標準；我們只用心盡到我們該做而能做到的事，一群沒有薪餉的隊伍，還得常常自掏腰包、形同蠟燭在燃燒自己，我能在寒冬、山區的寒舍裡無人聞問的情況下，自己抱著被窩自己取暖，完成這項編務，就自覺問心無愧了！

（2016.12.16／09:19研究苑）

讀詩人104　PG1737

 堆疊的時空
——乾坤詩刊二十週年詩選　現代詩卷

策　　劃	乾坤詩刊社
主　　編	林煥彰
責任編輯	盧羿珊
圖文排版	周妤靜
封面設計	大　蒙

出版策劃	釀出版
製作發行	秀威資訊科技股份有限公司
	114 台北市內湖區瑞光路76巷65號1樓
	電話：+886-2-2796-3638　傳真：+886-2-2796-1377
	服務信箱：service@showwe.com.tw
	http://www.showwe.com.tw
郵政劃撥	19563868　戶名：秀威資訊科技股份有限公司
展售門市	國家書店【松江門市】
	104 台北市中山區松江路209號1樓
	電話：+886-2-2518-0207　傳真：+886-2-2518-0778
網路訂購	秀威網路書店：http://www.bodbooks.com.tw
	國家網路書店：http://www.govbooks.com.tw
法律顧問	毛國樑　律師
總 經 銷	聯合發行股份有限公司
	231新北市新店區寶橋路235巷6弄6號4F
	電話：+886-2-2917-8022　傳真：+886-2-2915-6275

出版日期	2016年12月　BOD一版
定　　價	450元

Printed in Taiwan

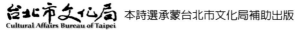 本詩選承蒙台北市文化局補助出版

國家圖書館出版品預行編目

堆疊的時空：乾坤詩刊二十週年詩選. 現代詩卷 /
乾坤詩刊社策劃；林煥彰主編. -- 一版. -- 臺北
市：釀出版, 2016.12
　　面；　公分. -- (讀詩人；104)
BOD版
ISBN 978-986-445-180-7(平裝)

831.86　　　　　　　　　　　　105025292

讀 者 回 函 卡

感謝您購買本書，為提升服務品質，請填妥以下資料，將讀者回函卡直接寄回或傳真本公司，收到您的寶貴意見後，我們會收藏記錄及檢討，謝謝！
如您需要了解本公司最新出版書目、購書優惠或企劃活動，歡迎您上網查詢或下載相關資料：http:// www.showwe.com.tw

您購買的書名：_____

出生日期：_____年_____月_____日

學歷：□高中 (含) 以下　　□大專　　□研究所 (含) 以上

職業：□製造業　□金融業　□資訊業　□軍警　□傳播業　□自由業
　　　□服務業　□公務員　□教職　　□學生　□家管　□其它_____

購書地點：□網路書店　□實體書店　□書展　□郵購　□贈閱　□其他

您從何得知本書的消息？

　□網路書店　□實體書店　□網路搜尋　□電子報　□書訊　□雜誌
　□傳播媒體　□親友推薦　□網站推薦　□部落格　□其他_____

您對本書的評價：(請填代號　1.非常滿意　2.滿意　3.尚可　4.再改進)

　封面設計____　版面編排____　內容____　文／譯筆____　價格____

讀完書後您覺得：

　□很有收穫　□有收穫　□收穫不多　□沒收穫

對我們的建議：_____

_____

_____

_____

11466
台北市內湖區瑞光路 76 巷 65 號 1 樓

秀威資訊科技股份有限公司 　　　收

BOD 數位出版事業部

....

（請沿線對折寄回，謝謝！）

姓　　名：＿＿＿＿＿＿＿＿　年齡：＿＿＿＿　性別：□女　□男

郵遞區號：□□□□□

地　　址：＿＿＿＿＿＿＿＿＿＿＿＿＿＿＿＿＿＿＿＿＿

聯絡電話：(日)＿＿＿＿＿＿＿＿＿　(夜)＿＿＿＿＿＿＿＿＿

E-mail：＿＿＿＿＿＿＿＿＿＿＿＿＿＿＿＿＿＿＿＿＿